I0719621

MANA RAY

L'OMBRE LUMINEUSE

Mise en place

« Mesdames et Messieurs bienvenue dans notre émission d'aujourd'hui. Comme vous le savez notre but est de VOUS aider à changer de vie, à réaliser votre rêve, à trouver LA demeure qui vous conviendrait le mieux pour le budget que VOUS avez défini. En cette superbe matinée de Février nous allons retrouver nos invités d'aujourd'hui afin de leur faire visiter les demeures que nous avons identifiées et qui répondent, nous l'espérons, à leurs critères »

- Charles !! Chaaaaaarles !

Charles poussa un profond soupir, leva les yeux vers les poutres du grenier avec agacement puis déposa sa scie délicatement sur le plancher déformé par les ans. Il se redressa péniblement.

- Chaaaarles !! Descends ! Descends maintenant ! J'ai une idée !! continua sa sœur depuis le salon situé au rez-de-chaussée.

Le vieil homme soupira à nouveau. Il se sentait tellement bien ici. Au calme, avec le soleil qui traversait le vieil œil de bœuf du grenier. Des particules de poussière volaient dans le rayon doré, lui donnant la sensation d'être perdu dans un monde parallèle où se mêlaient rêves et réalité. Il se tourna pour descendre l'échelle afin de regagner le niveau habitable de la maison.

- Je suis navré jeune fille – il va falloir remettre la fin de notre projet à plus tard, grogna-t-il en posant son pied droit légèrement tremblant sur le premier échelon.

Il descendit très lentement l'échelle en regardant derrière lui avec prudence pour ne pas glisser. Il regrettait les années où il dévalait les échelons sans même y prendre garde. Les yeux écarquillés d'une jeune femme allongée et attachée sur une table en chêne avec de lourdes chaînes cadenassées, un bâillon entre ses lèvres bleuies par le froid, le regardèrent disparaître. La poussière dorée seule témoin de son martyr...

Charles posa l'échelle sur le sol du couloir et referma la trappe du grenier à l'aide de la corde prévue à cet effet, scellant de ce fait la jeune fille dans la poussière et le silence. De son pas lent et lourd il s'avança dans le salon au plafond bas pour y retrouver sa sœur.

-	Regarde Charles et surtout écoute !! lanca-t-elle d'une voix cassée par la cigarette et les abus.
Il leva les yeux vers la télévision d'un autre temps posée sur un meuble vieillot. Un présentateur jovial se tenait au milieu de la cour d'une fermette totalement rénovée au charme rural et élégant à la fois. Il était accompagné d'un couple d'un certain âge. Charles prit place aux côtés de sa sœur sur le vieux divan au cuir élimé tout en gardant les yeux rivés sur l'écran.

« Madame et Monsieur Lautier voici notre première demeure – quelle est votre impression ? » s'exclamait en même temps le présentateur.

La dame souriait aux anges, son compagnon semblait plus circonspect.

« Elle est magnifique vraiment. Je la trouve tout à fait charmante » dit la dame.
« J'aime entendre ce genre de commentaire dès le départ » sourit le présentateur aux joues rouges. « Venez. Passons à l'intérieur. Je sais que vous souhaitez avoir une immense cuisine pour préparer de bons repas pour vos enfants et petits-enfants – je pense que vous ne serez pas déçus »

La caméra les suivit alors qu'ils se dirigeaient vers la porte d'entrée.

Charles se tourna vers sa sœur avec un air curieux. Ses yeux bleus globuleux se fixèrent dans les siens.

-	C'est quoi ton idée ? Quel rapport avec cette émission ?

L'OMBRE LUMINEUSE

Les lèvres d'Emma se plissèrent dans un sourire. Il frissonna sous l'intensité de son regard. Sa sœur jumelle lui avait toujours fait peur. Il y avait quelque chose dans son expression quand elle souriait qui semblait venir du plus sombre de sa personne. Elle se pencha vers lui.

- Nous allons écrire à cette chaîne de télévision et nous allons leur demander de nous trouver une autre demeure.
- Une autre maison ? Mais pourquoi ? Nous sommes bien ici !!

La vieille dame se leva avec un peu de peine due à son arthrose du genou puis elle se tourna devant lui, les mains sur les hanches, impressionnante malgré sa petite taille. Charles baissa les yeux pour se plonger dans l'examen de ses mains tordues par les ans.

- Tu plaisantes j'espère ? Cette maison va finir par s'écrouler. Nous n'avons jamais entrepris de travail de rénovation depuis que nous sommes revenus habiter ici dans notre jeunesse. Ce n'est plus qu'une coque remplie de poussière et d'insectes. Et je ne vais même pas parler des restes de nos divers projets. Elle va finir par s'écrouler sur nos têtes.
- Mais Emma … nous avons toujours vécu ici. Enfin… depuis plus de cinquante ans ! Nous connaissons tous les coins et recoins du bois qui entoure la maison. Tu sais bien que nous ne pourrons jamais la vendre dans son état de délabrement.

Emma se rassit lentement à ses côtés et lui prit la main droite pour la serrer entre les siennes. Il frissonna. Elle avait toujours les mains glacées. Comme sa personne. Du plus loin qu'il pouvait s'en rappeler sa peau ressemblait à celle d'un reptile. Douce et glaciale.

- C'est là que tu te trompes Charles, expliqua-t-elle d'une voix douce et enthousiaste à la fois. Des promoteurs sont intéressés par le terrain. Tu sais ? Le centre de production

agricole qui s'est développé derrière notre bois ? Ils veulent agrandir ! Abattre ce qui reste de cette carcasse… Ils nous ont envoyé plusieurs offres plus intéressantes les unes que les autres. C'est la solution parfaite. En plus nous pourrons profiter d'un peu de notoriété. Ce serait amusant de se voir à la télévision !
-	Mais et nos… projets ?
-	Quoi nos projets ? Allons Charles tu sais bien que nous avons tout ce qu'il faut pour nous en débarrasser !
-	Tu veux dire – totalement ?
-	Evidemment totalement ! Tu imagines s'ils abattent la maison et qu'ils les trouvent ?
-	Mais…

Emma commença à taper du pied avec nervosité. Charles avala sa salive, impressionné comme toujours par sa sœur. Cette dernière prit une profonde inspiration tout en le regardant avec insistance puis …

-	Charles je sais que tu retournes les voir après qu'ils soient partis. Et je sais ce que tu fais. Je l'ai toujours su. Moi aussi à une époque j'aimais ça. Mais nous devons déménager. Nous sommes trop vieux pour continuer à vivre dans cette maison délabrée. Si nous vendons nous pourrons trouver une nouvelle propriété. Et ces gens de la télévision pourront nous aider à trouver la maison que nous méritons.
-	Nous ne savons même pas pour combien on pourrait vendre… chuchota-t-il.
-	Bien sûr que si ! Ils sont encore venus hier après-midi quand tu étais parti chercher la fille. Avec leur dernière offre.
-	Hier après-midi ? Et tu ne m'as rien dit ?
-	Je ne savais pas encore quoi penser mais là, depuis que j'ai vu cette émission … Tout semble s'emboîter comme un puzzle. C'est juste parfait !
-	Qui te dit qu'ils vont nous choisir ?
-	Je vais leur téléphoner pour voir la procédure à suivre et après nous en reparlerons. Qu'en penses-tu ?
En se tenant le bas du dos Charles s'extirpa du vieux divan et acquiesça, se rendant aux arguments de sa sœur comme à son

habitude. La seule chose qu'il voulait c'était retrouver la fille et terminer son projet. Le côté raisonnable il le laissait à Emma.

-       D'accord d'accord. Tu me diras. Je vais prendre un peu d'eau et puis remonter.

Mais alors qu'il allait quitter le salon pour passer à la cuisine pour prendre de quoi boire il se retourna.

-       Emma … Combien offrent-ils pour le terrain ?

Les yeux bleus de sa sœur se mirent soudain à briller d'une nouvelle flamme alors qu'un sourire curieusement carnassier apparaissait sur ses lèvres pales.

-       Hier l'offre était à 750,000 EUR Charles. 750,000 EUR. Au moins ! De quoi nous offrir une nouvelle propriété, immense, avec un parc tout autour rien que pour nous.

-       Et un lac tu crois ? Comme chez Nanni ?

-       Oui bien sûr – pourquoi pas ? sourit-elle.

L'idée lui plut. Charles lui sourit à son tour puis alla se prendre un verre d'eau avant de remonter s'occuper de son dernier projet.

Emma se leva en essayant de ne pas trop appuyer sur son genou puis et alla prendre un vieil album de photos posé sur la petite cheminée du salon. Elle entendit Charles tirer l'échelle de la trappe qui menait au grenier. Il remontait avec son souffle de plus en plus court. Il devait souffrir de son excitation et de la vieillesse aussi se dit-elle distraitement. Elle revint s'asseoir dans le vieux divan, l'album épais dans ses mains ridées. Elle le posa sur ses genoux et se mit à le feuilleter.

Le pas de Charles au-dessus de sa tête la rassurait comme toujours. Elle pouvait même deviner chaque action de sa part.

La fille était tombée entre leurs mains hier en fin de journée. Charles l'avait facilement entraînée vers sa voiture sous le prétexte de son grand âge.

« Un vieil homme comme moi je ne vois plus très clair vous savez. J'ai égaré ma clé sous le siège avant de la voiture et je ne la trouve pas. Pourriez-vous m'aider ?» -

Et bien sûr elle avait voulu l'aider. Un être humain un tant soit peu correct ne pouvait laisser un vieux monsieur visiblement impuissant avec les larmes aux yeux.

« Vous comprenez mademoiselle je fais les courses pour ma sœur et moi. Nous sommes seuls au monde. Si je ne parviens pas à faire démarrer la voiture elle va s'inquiéter. Et avec son cœur fragile … »

Il l'avait piégée comme un maître. Un coup sur la tête, bâillonnée, mise dans le coffre par le vieux monsieur affligeant et affligé …
Réveillée enchaînée sur une table avec le même vieil homme penché sur elle, les yeux gourmands, la bouche entrouverte sur des dents jaunies, la main droite tenant une scie, la gauche agrippant le haut de son bras, prêt à commencer la découpe.

Un hurlement étouffé par le baillon l'avertit que l'opération venait de débuter.

Emma soupira d'aise en s'enfonçant dans le divan puis fronça les sourcils en levant la tête vers le grenier quand le hurlement étouffé s'interrompit. Elle attendit une ou deux minutes puis ramena son attention sur l'album photo, le sourire aux lèvres quand il reprit. Au moins Charles avait pensé à mettre la bâche sous la table cette fois. Aucune fuite cramoisie ne passerait à travers le plafond.

-       Une vraie saloperie à nettoyer, marmonna-t-elle alors que les cris se faisaient de plus en plus puissants.

Elle fit un rapide calcul. Le premier bras devait être presque détaché à présent. Le hurlement ne faiblissait pas. C'était une costaude. Il allait la laisser reposer quelques heures avant de s'attaquer au second bras. Il ne fallait surtout pas qu'elle meurt d'un arrêt cardiaque ou d'une hémorragie comme c'était déjà arrivé. C'était vraiment dommage quand cela arrivait.

Son tour viendrait demain… Quand elle se serait un peu remise de la première opération. Elle avait des yeux bleus lui avait confirmé Charles. Elle adorait les yeux bleus. Comme les siens. Comme ceux de Charles. Comme ceux de Nanni. S'enfonçant de plus en plus profondément dans le divan elle s'amusa à regarder le bocal posé sur le rebord de la fenêtre juste en face d'elle, à côté de la télévision ou continuait l'émission. Le soleil traversa le bocal au même moment, faisant chatoyer le bleu des dizaines de globes oculaires soigneusement plongés dans une solution à base de formol. Oui décidément elle avait toujours adoré les yeux bleus.

Elle baissa le regard sur l'album et de sa main abîmée par les années elle tourna la première page de l'album. Ses doigts caressèrent la première photo. Charles et elle assis sur le banc de bois près du lac. Chez Nanni. Si jeunes et innocents.

Juillet 1960 disait la légende de la photo.
L'été où tout avait commencé.
Le bruit de la scie accompagné du hurlement continu et étouffé en arrière-plan, Emma se prit à repenser à cette belle période de leur vie. Ils étaient si beaux alors, pleins d'un espoir sombre et enthousiaste… et totalement ignorants de leurs capacités.

Juillet 1960

Un immense parc qui s'enroulait autour d'une demeure d'architecture classique, un lac aperçu de la voiture alors que leur père venait les déposer pour les vacances… Un soleil glorieux qui embrasait toute la scène. Emma ne savait plus où regarder.

Quand leur père leur avait appris deux mois auparavant qu'ils allaient enfin rencontrer leur grand-mère maternelle les jumeaux n'y avaient pas cru.

Du haut de leurs 17 ans jamais ils ne l'avaient jamais vue. Ils se rappelaient seulement ce que leur mère leur avait appris. Cela se résumait en quelques courtes phrases.
Elle vivait seule dans une grande maison, presque un château. Elle ne pouvait plus se déplacer parce que ses jambes refusaient de la porter dsuite à un accident dont leur mère n'avait jamais donné les détails. Elle habitait loin de chez eux, en France. Dans un département qu'on appelait le Loir et Cher. Un jour ils iraient tous ensemble lui rendre visite. Elle le leur avait promis. Mais la maladie l'avait emportée avant qu'ils n'en aient eu l'occasion.

Leur père avait sombré dans une dépression terrible qui l'avait amené à perdre son emploi dans une concession automobile de leur petite ville en Belgique. Il semblait seulement reprendre un peu goût à la vie depuis peu. Mais la situation ne s'améliorait pas assez rapidement pour les services sociaux qui avaient été mis au courant par leur école.

Il leur avait dit un soir qu'il voulait continuer à vivre dans ce monde sans leur mère pour eux. Qu'il ne pouvait pas les abandonner. Il leur avait alors annoncé s'être inscrit dans une clinique pour se remettre complètement du décès de leur mère. Ce séjour en clinique tombant pendant les vacances scolaires il avait pris contact avec Nanni, leur grand-mère maternelle. Elle avait accepté de les accueillir pour tout l'été et aussi de participer aux frais de son hospitalisation. Elle avait même pris contact de son côté pour s'assurer qu'une place lui serait réservée dans l'établissement en question.

En ce qui concernait l'accueil des jumeaux, elle avait promis de laisser les deux étages supérieurs de sa grande demeure à leur disposition puisqu'elle ne pouvait plus gravir les marches. Elle avait semblé très enthousiaste à l'idée de les avoir sous son toit. Les jumeaux eux étaient depuis dévorés par la curiosité. Se demandant à quoi pouvait ressembler cette dame sortie du passé.

Et le grand jour était enfin arrivé. Ils avaient embarqué leurs valises dans la vieille Peugeot familiale. Ils avaient quitté leur maison et son bois avec un petit pincement au cœur vite oublié devant les paysages qui défilaient derrière les vitres de la voiture. Ils s'étaient arrêtés au Bourget pour dormir dans un minuscule hôtel. L'aventure ne faisait que commencer pour les deux jeunes gens. Ils n'avaient pas dormi de la nuit, excités, enjoués, curieux.
Le lendemain ils avaient repris la route sous un soleil glorieux pour parcourir les quelques deux cents kilomètres qui les séparaient de leur destination finale. Leur père avait pris une route nationale et avait du s'arrêter quelques fois pour se repérer sur la carte de la région. Les jumeaux commencaient à se demander s'ils n'allaient pas tous dormir dans la voiture quand enfin la voiture entra et traversa le village de leur grand-mère.

Ils longèrent les hauts murs de pierre de ce qui allait s'avérer être le domaine de Nanni. Leur père ne put s'empêcher d'émettre un sifflement admiratif, impressionné par le terrain. Il s'était rendu compte que ces murs entouraient une propriété immense- Il stoppa la voiture devant une immense grille en fer forgée maintenue close par un grand cadenas. Il sorit pour l'inspecter tout en s'étirant le dos, un peu ankylosé par la conduite. Les jumeaux le regardèrent se gratter la tête. Il se demandait clairement comment ils allaient rentrer quand soudain un homme grand et fort surgit tel un diable de sa boîte de l'autre côté de la grille.

-      Bonjour ! a-t-il lancé de son côté de la grille, le visage souriant sous sa barbe noire.
-      Bonjour ! a répondu leur père.
-      Je suis Jules, le gardien. Vous êtes Martin ? Le mari de la petite ?

Leur père baissa un court instant les yeux avant de
confirmer. La tristesse sembla l'envelopper d'un seul
coup. Emma et Charles habitués aux changements d'humeur de
leur père sortirent de la voiture pour voir le gardien de plus
près. C'était un homme grand, fort, qui portait un costume
sombre et une sorte de casquette qui lui donnait une drôle
d'allure. En les voyant approcher il les salua d'un coup de
casquette.

-       Ah les enfants ! Je reconnais tout de suite les yeux de votre
mère ! La même intensité ! rit-il. Attendez je vous ouvre tout de
suite ! Madame va être tellement heureuse de vous voir. Elle
n'a que quelques photos et certaines datent de votre naissance les
p'tits ! Vous êtes loin de ressembler aux bébés qu'elle conserve
sur sa cheminée dans un cadre doré hahaha.

Un tour de clé plus tard, ses larges épaules à peine tendues sous
l'effort, il tirait la grille vers lui, les deux parties s'écartant
d'elles-même une fois le mouvement enclenché. Leur père
remonta en voiture et la fit entrer tandis que les jumeaux
passaient la grille à pied, le nez en l'air, émerveillés. Ils
aperçurent une maison de petite taille, très bien entretenue, juste
de l'autre côté du mur à leur droite. Des pots de fleurs lourds de
géraniums donnaient aux fenêtres en ogive un air de conte de
fées.

-       Mon chez-moi ! s'exclama Jules qui repoussait les deux
pans de la grille avant de refermer le cadenas. Enfin, le nôtre !
Ma femme s'est absentée pour aller chercher des œufs et du lait à
la ferme. Vous la verrez tout à l'heure c'est elle qui cuisine pour
Madame. C'est elle qui s'occupe de tout en réalité vous vous en
rendrez vite compte.
Emma poussa Charles du coude. C'était marrant d'entendre
quelqu'un appeler leur grand-mère Madame. Et qu'elle avait un
gardien !! Et une cuisinière ! Charles hocha la tête, tout aussi
excite par leur nouvel environnement.
Leurs vacances s'annonçaient terribles.

Jamais ils n'avaient eu l'occasion de quitter leur demeure blottie dans les bois à part pour aller à l'école ou à la mer en été. Ils n'invitaient jamais personne. ils n'avaient besoin que de l'un et l'autre.

Ici, sur ce domaine qui s'offrait soudain à eux, ils allaient pouvoir laisser libre court à leur énergie et à leur imagination.

Leur père leur fit signe de remonter en voiture pour pouvoir suivre le chemin principal qui remontait la colline en pente douce. Les enfants abaissèrent les vitres alors qu'il démarrait et firent un signe de la main à Jules qui leur répondit d'un ample geste du bras avec un grand sourire.

Il disparut derrière un tournant et ils se retrouvèrent sous le couvert d'arbres multi centenaires dont les branches bougeaient doucement sous la brise d'été, telles d'immenses colonnes naturelles.

Emerveillés les jumeaux regardèrent la maison venir à eux. Il s'agissait d'une demeure du 18ème siècle, aux murs blancs, au toit pointu. Deux petites tours ornaient le côté droit. Ce qui semblait être une chapelle occupait le côté gauche. Le bâtiment central possédait deux étages parés de fenêtres aux linteaux blancs. Les volets avaient été ouverts pour laisser entrer la lumière. De hautes porte-fenêtres paraient le rez-de-chaussée, de part et d'autre d'une immense porte en bois à deux battants. La maison semblait leur tendre les bras pour mieux les accueillir. Emma agrippa la main de Charles sur le siège arrière.

Une silhouette les attendait devant l'entrée, assise dans une chaise roulante.

-      Nanni … murmura Charles en serrant la main d'Emma.

La voiture s'arrêta doucement au pied de leur grand-mère. Cette dernière leur parut immense et majestueuse assise dans sa chaise. Toute habillée de blanc elle portait un grand chapeau de paille qui dissimulait son visage. Ses mains reposaient sur les accoudoirs, cachées par des gants blancs en dentelles.

Les jumeaux ne devaient jamais oublier le moment où elle redressa la tête pour les regarder descendre de la voiture. Ses yeux bleus perdus dans un visage bouffi et ridé par l'âge qui les transpercèrent avec leur jeunesse, dynamisme, drôlerie et intelligence.

Emma tomba amoureuse de Nanni à ce moment précis. Quelle importance que son apparence physique – elle ne pouvait voir que l'esprit qui les accueillait derrière ce regard bleu pervenche et qui l'embrasait d'un seul coup jusqu'au fond de son être.

A la même seconde Charles était plutôt pétrifié.

Devant lui se trouvait quelqu'un - pour ne pas dire quelque chose - qu'il ne comprenait pas. Mais il eut la sensation qu'une pièce manquante se mettait en place. Mais, à cet instant précis, il souhaitait repartir aussitôt dans sa petite maison blottie au fond du bois sous un ciel bas.

Cette femme, sa grand-mère, semblait entourée par une noirceur qu'il ne pouvait pas identifier mais qui l'apeurait – et l'attirait dans la même seconde.

Quand Emma se tourna vers lui, ses cheveux blonds coupés au carré volants dans la brise légère, son regard totalement émerveillé, et qu'elle lui tendit la main pour sortir de la voiture il ne put que la saisir. Tout autour d'elle il n'y avait que lumière. Et il la suivrait… comme toujours. Jusqu'au bout de l'enfer comme elle le lui répétait tellement souvent avec un petit rire.

Quand Charles se retrouva devant Nanni il comprit qu'il n'aurait jamais d'autre choix que celui-là. Suivre sa sœur. Suivre cette grand-mère étrange et merveilleuse à la fois. Il sentit alors un calme comme il n'en avait jamais connu l'envahir, comme s'il avait toujours su que ce serait le cas. Comme s'il était enfin à sa place.

Alors qu'ils se tenaient debout devant leur grand-mère, impressionnés, la main dans la main, leur père commençait à sortir leurs valises du coffre de la voiture. Les laissant devant le perron, il se passa la main sur le front avant de s'avancer à son tour, un peu pataud, un peu maladroit.

Mal à l'aise devant cette femme invalide.

Les yeux bleus lumineux se tournèrent vers lui et un sourire qui parvenait à être glacial tendit les lèvres pâles de la vieille dame. Elle lui tendit sa main droite. Il tenta un baise-main maladroit qui la fit froncer le front qu'elle avait encore très pur. Mais elle se reprit vite pour lui sourire à nouveau quand il se redressa.

-       Je suis tellement heureuse de vous voir enfin mes enfants. Martin mon garçon cela fait si longtemps ! s'exclama-t-elle en lui serrant les doigts.
-       Depuis le … depuis notre mariage Nanni. 18 ans précisa-t-il.
-       En effet en effet ! Et ces enfants ! Ces enfants ! Mais quelles merveilles tous les deux. Regardez comme Emma ressemble à sa mère ! Elle serait si fière de te voir.

La jeune fille rougit et baissa légèrement les yeux avec modestie. Nanni se mit à rire d'un son curieusement cristallin.

-       Allons allons pas de modestie ma chérie. Et toi Charles approche, approche.

Le jeune garçon obéit, hypnotisé par les yeux vifs et transparents. Nanni saisit sa main et il sentit ses doigts agrippés dans la dentelle des gants blancs. Fasciné il laissa remonter ses doigts légers tout le long de l'avant-bras de sa grand-mère. Il devina sous le tissu léger qu'elle possédait un bras musclé, puissant. Habitué à l'effort nécessaire pour pousser la chaise se dit-il. C'était une pure merveille que ces muscles. Il eut la sensation d'observer le bras d'une sculpture. Nanni ne bougea pas tant qu'il encerclait son avant-bras puis quand il se rendit compte de son incivilité et rougit elle lui serra les doigts une dernière fois avant de le lâcher.

-	Il fait horriblement chaud. Venez, rentrons. Martin vous prendrez bien un verre d'eau avant de reprendre la route tout de même. Ils ne vous attendent pas avant demain à la clinique. Vous avez tout le temps.

La réponse de leur père se perdit dans le couinement des roues de la chaise qu'elle fit tourner avec dextérité pour entrer dans la demeure derrière elle. Emma regarda son père avant de la suivre. Elle le vit soupirer, hésiter un bref instant avant de suivre la maîtresse de maison. Les jumeaux entrèrent dans la demeure, laissant le soleil et la chaleur de Juillet derrière eux pour entrer dans l'haleine fraîche de la maison ancestrale.

Un bruit sourd sortit Emma brutalement de ses souvenirs. Elle se retrouva d'un seul coup dans son corps usé et douloureux, assise dans le salon de leur maison délabrée. Elle tendit l'oreille, agacée.
-	J'ai laissé tomber son bras – rien de grave ! Je n'ai plus autant de force qu'auparavant ! cria Charles depuis le grenier.

Emma secoua la tête. Décidément l'âge faisait des ravages… Elle regarda l'album ouvert sur ses genoux. Ils étaient tellement jeunes sur cette photo. Mais elle se sentait toujours aussi jeune – son corps ne suivait plus. Rageusement elle frappa sa cuisse droite à maintes reprises – punissant ce corps abject qui la rebutait.

Elle ferma les yeux, repartit dans ses souvenirs alors que le hurlement étouffé dans le grenier reprenait de plus belle… Machinalement elle se fit la réflexion que cette petite possédait une capacité impressionnante à la douleur.

Nanni les précéda dans une immense salle à manger située à droite de l'entrée. Les jumeaux regardèrent autour d'eux avec ravissement. Ils ne savaient ou poser les yeux.

L'immense escalier en bois qui menait aux étages, les deux portes de part et d'autre des marches qui – ils allaient vite le découvrir – menaient l'une à la cuisine, l'autre à l'escalier raide qui descendait dans la cave - le lustre de cristal accroché au plafond et qu'il fallait descendre à l'aide d'une épaisse corde pour allumer les bougies qui se reflétaient dans chaque cristal pour créer une lumière magique… Cette sensation de grandeur leur était totalement étrangère. Ils allaient pourtant vite y faire leur nid ils pouvaient le deviner. Et quel nid ! Ils se regardèrent et se mirent à rire, tout simplement ravis.

La porte de la salle à manger située à droite de l'entrée avait été enlevée, permettant ainsi facilement à la chaise roulante de la maîtresse de maison de passer et même potentiellement de se retourner.

Les porte-fenêtres s'ouvraient sur le parc. Ils purent apercevoir une forêt qui s'étendait derrière les jardins raffinés du domaine. Le chant des merles finissait d'enchanter l'atmosphère du moment. De longs voiles blancs voletaient sous la brise d'été. Cette demeure dépassait tout ce dont ils avaient pu rêver.

Ils s'installèrent autour de l'immense table posée au centre de la pièce, leur père prit place sur l'une des hautes chaises en bois sculpté qui complétaient le mobilier. Il choisit la plus proche de la sortie. Comme d'habitude se dit Emma alors qu'eux suivaient Nanni. Ils s'installèrent à leur tour autour de la table. Nanni poussa son fauteuil roulant jusqu'à la place du bout, laissée sans siège et qui lui était clairement attribuée. Elle trônait ainsi en bout de table comme une reine, ses vêtements clairs l'entourant comme un nuage. Elle se saisit d'une clochette d'argent accrochée au-dessous de l'accoudoir droit de sa chaise et la fit résonner.

Emma et Charles s'assirent de part et d'autre de la table, tout près de Nanni, laissant leur père isolé à l'autre extrémité. Mais ils n'en avaient cure. Seule les intéressait leur grand-mère. Ils se sentaient un peu comme des moustiques attirés par une lumière irrésistible. Un pas léger se fit entendre dans le hall d'entrée. Une femme d'une quarantaine d'années entra dans la pièce, toute en discrétion.

Portant une robe noire et un tablier blanc elle tenait devant elle un plateau avec une grande cruche remplie d'un liquide doré et quatre hauts verres. Nanni prit la main de chacun des jumeaux de ses mains gantées.

-       Vous allez goûter a la meilleure limonade de la région, Annie est un génie – a-t-elle souri tandis que la susnommée approchait pour déposer le plateau devant sa patronne, le visage souriant. Martin venez près de nous voyons !!
-       Je vais devoir partir Nanni, murmura leur père de son côté de la table, les yeux baissés sur ses mains croisées.
-       Allons prenez un verre de limonade au moins. Ou une bière ?
-       Plutôt un verre d'eau merci.
Nanni fit un clin d'œil à Annie qui hocha la têt et repartit de son pas léger sur le sol de marbre.
-       Alors les enfants dites-moi un peu. Quels sont vos intérêts dans la vie ? Dites-moi tout.

Les jumeaux se regardèrent un peu penauds. Ils ne savaient trop quoi dire. Ils voulaient se confier à elle instinctivement mais la présence de leur père les arrêtait. Nanni les regarda l'un après l'autre. Ses lèvres rosées se plissèrent en un sourire malicieux. Décidément ses petits-enfants la séduisaient de minute en minute. Leur embarras était adorable à ses yeux expérimentés.
Du coin de l'œil Emma vit revenir Annie avec une carafe d'eau claire qu'elle posa devant leur père. Ce dernier la remercia d'un signe de tête avant de se servir un grand verre. Annie rajouta

quelques glaçons avec un sourire et un petit salut de la tête. Ils oublièrent vite leur père dès que Nanni commença à leur expliquer comment fonctionnait le domaine. Ils n'en avaient vu qu'un bout minuscule mais un monde les attendait.

Il possédait un lac d'une jolie taille qu'ils pourraient apercevoir vers la droite en sortant quand ils iraient visiter les lieux. Un hangar ou Jules conservait les voitures qu'elle avait souhaité conserver tout au long de sa vie. Ce hangar se trouvait derrière la maison et ils pourraient le visiter quand ils le souhaiteraient. Jules se ferait d'ailleurs un plaisir de leur apprendre à conduire la voiture de leur choix.

Il y avait des jardins ou Nanni aimait se promener chaque jour et dont elle essayait de s'occuper malgré son handicap. Elle leur promit de leur montrer la roseraie, sa plus grande fierté. Il y avait aussi une forêt qui prenait une immense partie du terrain de ce domaine immense. Mais là elle leur demandait de ne pas s'y rendre seuls. Il pouvait parfois y avoir des braconniers à la gâchette facile. Inutile de risquer un accident, rit-elle. Certaines personnes avaient même disparu sans aucun trace sous le couvert des bois. Cette déclaration fut suivie d'un petit silence plein d'effet. Avant que Nanni n'éclata de rire, entraînant les jumeaux dans sa joie.

Elle reprit ses explications plus calmement.

Le lac qu'ils avaient entraperçu en arrivant lui appartenait aussi. Il y avait moyen de prendre une barque laissée à disposition pour aller pêcher ou simplement pour se rafraîchir. Une cabane abritait tout le matériel de pêche. Elle voulait les voir se promener, rire, découvrir leur nouveau terrain de jeu le plus rapidement possible. Tout leur était ouvert. Ce domaine avait besoin de jeunesse et de légèreté.

Elle leur apprit aussi qu'une fois par semaine, le dimanche, elle se rendait au village le plus proche pour assister à la messe. C'était la seule sortie de la semaine pour elle, Annie et

Jules. Ce dernier sortait la plus grande berline de la collection, une Citroën qu'il chouchoutait autant que possible et qui était la seule pouvant contenir le fauteuil roulant.
Ils partaient tous les trois assister à l'office. Les jumeaux allaient se joindre à eux, il n'y avait aucun commentaire ou rétiscence à avoir. Ils adoreraient le Père Victor.

Ils allaient découvrir l'église d'enfance de leur mère. Faire connaissance avec les villageois parmi lesquels elle avait grandi. Tous ces gens tellement attachants et qui montraient regulièrement leur amitié envers Nanni en lui rendant visite ou en l'invitant pour un dejeuner de temps en temps. Ils attendaient de faire leur connaissance avec impatience.

Emerveillés par le discours de leur fascinante grand-mère les adolescents ne se rendirent pas tout de suite compte que leur père s'écroulait, le torse sur la table, le visage tourné vers le hall d'entrée.

Charles fut le premier à noter la chose quand il voulut prendre son verre de limonade. Il se leva immédiatement pour aller voir ce qui se passait.

-       Papa ? demanda-t-il en posant une main sur le dos de leur père
-       Papa !! répéta-t-il en essayant de le secouer.

Le corps inerte glissa alors sur le sol, la main crispée sur le verre d'eau l'entraînant dans sa chute sur le sol sombre de la salle à manger. Le verre éclata en mille morceaux qui se dispersèrent jusqu'aux pieds d'Emma qui venait rejoindre son frère.

Le rictus sur le visage de Martin était horrible.

La bouche était tordue de telle manière que les dents étaient apparentes, les yeux exorbités, comme figés devant une vision d'horreur que seul lui avait pu apercevoir. Ses joues étaient bizarrement creusées. Charles puis Emma se penchèrent pour mieux voir, fascinés malgré tout par cet affreux masque.

Distraitement ils entendirent les roues du fauteuil de Nanni se rapprocher en même temps qu'ils remarquaient que les mâchoires de leur père s'étaient déboîtées comme s'il avait hurlé avant de mourir. Mais ils n'avaient rien entendu ?

Les jumeaux se redressèrent et se tournèrent vers leur grand-mère. Cette dernière tenait ses mains l'une contre l'autre, comme si elle était en prière. Mais ses yeux … ses yeux si jeunes, si bleus, si lumineux, brillaient d'une folie qui elle leur était familière. Ils se regardèrent. Cette lueur… cette folie … ils la voyaient parfois dans leur propre regard quand ils partageaient un de ces moments singuliers et connus d'eux seuls.

Comme la fois ou ils avaient ligoté un de leurs camarades d'école à l'un des arbres de leur petit bois. Et qu'ils l'avaient pris pour cible lors de leurs exercices au couteau. Ils s'en étaient sortis avec un avertissement de la part de leur père et trois jours de suspension à l'école. Mais ils n'en avaient eu cure tellement la peur dans le regard du petit les avait excités. Ils avaient eu la même lueur dans les yeux que leur grand-mère à ce moment précis.
Nanni frappa dans les mains à deux reprises. Annie et Jules entrèrent dans la salle à manger immédiatement, comme s'ils attendaient son signal depuis le hall d'entrée.

-	Prenez-le et faites-en ce que vous voulez. Emma, Charles … vous voulez les aider ?
Les deux adolescents hésitèrent. Nanni se mit à rire tout en applaudissant devant leur hésitation.
-	Mon Dieu comme vous êtes mignons !! Ne vous inquiétez pas vous restez avec moi à présent. Je comprends. Il est un peu tôt et puis il reste votre père malgré tout.

Elle agrippa la main gauche d'Emma et la droite de Charles et les ramena contre sa poitrine. Son souffle était court et rapide -

comme si elle venait de courir un marathon. Emma reconnut l'excitation qui avait pris possession de leur grand-mère. Elle la ressentait elle-même mais tenta de l'ignorer, gênée de ressentir ca à la vue du corps de leur père.

-       Annie, Jules allez-y. Les enfants restent avec moi je dois leur expliquer quelques petites choses. Ils ont tellement à comprendre.

Les deux employés de maison se saisirent du corps de Martin, Annie par les pieds, Jules par les épaules et ils sortirent de la salle à manger pour le descendre dans la cave, supposa Charles dont la main tremblait dans celle de Nanni.

-       Mon garçon, mon Charles, du calme, lui dit Nanni d'une voix douce. Je vais vous expliquer à tous les deux de quelle famille vous descendez. Et oubliez Martin. Il n'a pas pu sauver votre mère. Elle n'est pas morte d'un cancer il vous a menti. Mon Dieu tellement de choses à vous dire, à vous faire comprendre. Nous avons un peu de temps devant nous à présent. Vous allez recevoir l'éducation que vous auriez dû acquérir il y a des années. Dès votre plus jeune âge. Pauvres petits vous devez vous sentir tellement perdus ….
-     Nanni… murmura Emma en plantant ses yeux dans ceux tellement semblables de sa grand-mère. Nous ne sommes pas perdus, nous sommes soulagés, surpris. Mais pas perdus. N'est-ce pas Charles ?

Le jeune homme hocha la tête pour approuver, comme à son habitude. Emma s'agenouilla devant le fauteuil pour être au même niveau que la vieille dame.

-       Tu vas nous apprendre à tuer ? C'est ça ? Comme il le faut ? demanda-t-elle d'une voix douce.
-       Oh ma chérie, sourit Nanni en caressant la joue rosée de la jeune fille… Bien mieux que ça. Je vais surtout vous apprendre à laisser exprimer ce qui sommeille en vous et vous guider pour canaliser tout ca.

L'OMBRE LUMINEUSE

Les doigts de Charles s'arrêtèrent de trembler dans son autre main. Nanni, leva les yeux vers lui, le regarda sourire avec une satisfaction non dissimulée. En moins d'une journée ils s'étaient retrouvés et reconnus. Emma se mordit les lèvres. Une curiosité mêlée de plaisir montait dans ses reins. Nanni la regarda à son tour avec amusement. Elle se revoyait à son âge. Elle se rappelait de cette envie qui vous prenait dans le bas du ventre. Décidément la jeune fille lui ressemblait.

- Avant toute chose vous devez vous habituer à la maison, à son atmosphère… A ses jardins et ses cachettes. Je vous conseille aussi de vous amuser dans et autour du lac. Vous verrez il y a de quoi vous distraire.
- Nous pouvons utiliser la barque ? chuchota Charles, heureux comme un enfant devant un nouveau jouet.
- Mais bien sûr mon petit ! Tout ceci est à vous maintenant… Mais avant de vous laisser découvrir votre domaine je voudrais vous parler de votre mère. Rejoignez-moi dans l'ancienne chapelle ce soir vers dix-huit heures. Cela vous laissera le temps de découvrir la maison et vos chambres respectives.

Les deux jeunes gens l'embrassèrent avant de quitter la salle à manger. L'image de leur père ne les préoccupait déjà plus. Ils apercurent Jules qui faisait démarrer leur voiture pour la ranger dans le hangar. Cela ne leur fit ni chaud ni froid.
Ils retrouvèrent leurs valises au pied de l'escalier. Ils entendirent soudain un bruit sourd qui semblait venir de sous leurs pieds. Puis le bruit d'une scie. Sans un mot, ils se saisirent de leurs bagages et gravirent les marches cirées qui montaient à l'étage.

Emma se rappelait encore du soleil qui commençait à se coucher derrière les arbres lors de cette première soirée, de la lumière rouge sang qui avait envahi la salle à manger alors qu'ils allaient rejoindre Nanni dans la chapelle.

Comme elle avait aimé cette femme singulière et ceci dès la première minute. Dès leur premier échange de regards. Quelle belle époque que celle-là. Sans souci. Reconnus pour leur vraie nature et appréciés par leur aïeule… Ils avaient fait de cette demeure la leur en quelques heures à peine.

Quand elle fermait les yeux elle pouvait voir les couloirs s'étendre devant elle. Elle reconnaissait les portes qui s'ouvraient sur chambres et suites pour les invités, les petits salons attenants à ces chambres. Les salles de bain aussi… Quelle volupté que de pouvoir se plonger dans un bain après une journée passée à explorer, à apprendre … Elle se rappelait aussi des profonds tapis ou s'enfoncaient les pieds et qui camouflaient tous les bruits, les lampes rondes à la lumière tamisée qui éclairaient les murs recouverts d'un papier peint aux fleurs entrelacées.

Elle poussa un long soupir. Cette belle époque était bien révolue. Cette demeure ne vivait plus que dans ses souvenirs.

Au plus profond d'elle existait la certitude que Nanni comprenait sa volonté de quitter cette maison délabrée, de laisser derrière eux cette atmosphère humide qui leur rongeait les os à tous les deux depuis des années et qui allait finir par les achever. Le souvenir de Nanni la remplissait toujours d'une sensation de manque et d'affection.

Son regard, toujours aussi bleu et transparent que celui d'une jeune fille, parcourut leur petit salon pour se poser sur la cheminée. Trônant en plein milieu se trouvait une cloche de verre transparente.

Et sous la cloche reposaient les mains gantées de dentelle noire de Nanni. Un sourire éclaircit le visage d'Emma. L'âme de leur grand-mère était avec eux. Ou qu'ils aillent. Elle les protègerait du mal. Comme elle l'avait fait depuis ce fameux premier jour. Emma fronça les sourcils. Il allait falloir s'assurer que

certains objets ne les quittent pas durant leur futur
déménagement…

Ils ne surent pas ce qu'Annie et Jules firent du cadavre de leur
père et ne s'en préoccupèrent jamais.-

Ce fameux premier soir les jumeaux prirent à peine le temps de
jeter un œil sur leur nouveau domaine avant de redescendre. Ils
jetèrent leurs valises dans leur chambre respective avant de
descendre le grand escalier central à grands coups d'éclats de
rire. Ils firent la course pour passer la porte qui se situait à droite
en bas des larges marches.

Ils traversèrent un salon qui faisait également office de
bibliothèque et entrèrent dans la chapelle située aprés.

Elle ne servait visiblement plus depuis un bon moment. A la
place de l'autel se dressait une table ronde sur laquelle ils
pouvaient voir quelques bouteilles de liqueurs diverses. Des
cigares posés dans une magnifique boîte attendaient les
amateurs. De profonds sofas semblaient attendre les
visiteurs. Le sol de pierres blanches était recouvert en majeure
partie de splendides tapis persans.

De hauts chandeliers éclairaient le tout.
Les flammes de leurs bougies faisaient danser les saints et les
saintes représentés sur les vitraux. Nanni se trouvait prés de la
table, un livre épais ouvert sur ses genoux. De part et d'autre de
leur grand-mère on avait installé deux immenses coussins qui les
attendaient. Ils s'assirent à ses côtés, le visage tourné vers
elle. La scène respirait l'innocence. Une grand-mère s'apprêtait
à lire une histoire à ses petits-enfants avant le dîner du soir.

Nanni regarda Emma puis Charles.

-       La dernière cérémonie célébrée dans cet endroit fut le
mariage de vos parents, commenca-t-elle en levant les yeux vers

la voute en bois de la chapelle. Ce fut magnifique. Tous nos amis étaient invités, une partie du village aussi. Votre mère descendant l'allée depuis le salon était une vision enchanteresse. Votre père portait beau. Le soleil éclairait le tout à travers les vitraux. Je me rappelle les taches multicolores sur toutes les personnes présentes et qui se reflétaient sur la robe de dentelle blanche de ma fille…

Elle leur montra les photos du mariage, un peu jaunissantes déjà, dans l'immense album de photos. Ses doigts un peu tremblants effleurèrent le visage de la mariée, resplendissante et figée dans le passé.

-       Mon Dieu comme elle était belle. Tout leur souriait. Elle avait accepté de me quitter pour le suivre… Si j'avais su… murmura-t-elle, sa voix soudain beaucoup plus sèche. Quand vous êtes nés j'ai recu un faire-part et une photo de vous deux. La voici. Et voila une photo de votre mère deux jours après votre naissance.

Les deux jeunes gens regardèrent émerveillés leur mère les tenir contre elle, le regard empli d'amour. Mais ils remarquèrent aussi le visage de leur père, debout derrière ses enfants et sa femme. Le regard sombre. Le visage fermé. Charles rendit la photo à Nanni, sourcils froncés.

-       Il ne voulait pas de nous ? demanda-t-il.

Nanni leur sourit.

-       Bien sûr que si. Mais c'est la particularité de votre mère qu'il n'acceptait pas… expliqua-t-elle en refermant l'album avant de le poser délicatement sur la table. Vous voyez les enfants, elle possédait un talent unique. Certains diraient plutôt un esprit sanguinaire sans précédent. Lorsque votre père s'en est rendu compte il était déjà trop tard. Il ne pouvait plus rien faire.
-       Esprit sanguinaire ? murmura Emma.

\-   Comme le nôtre ma chérie, expliqua Nanni en lui caressant les cheveux.

Elle fit rouler son fauteuil roulant jusque sous l'un des vitraux et resta quelques minutes silencieuses, les yeux posés sur la Vierge Marie dont le doux visage souriait avec bonté.

\-   Un soir votre père est rentré plus tôt que prévu… Il a surpris votre mère dans leur chambre commune, expliqua-t-elle d'une voix douce. Un homme était couché dans leur lit. Elle le chevauchait alors qu'il agonisait, égorgé par ses soins alors qu'il lui faisait l'amour. Martin faillit mourir sur place. Sa femme. En pleine action charnelle. Avec un autre. Enfin … pas pour longtemps il faut bien l'admettre, rit-elle doucement.

Charles et Emma rougirent. Nanni se tourna vers eux et sourit devant leur air gêné.

\-   Oh ne soyez donc pas si choqués. Je suis certaine que vous savez très bien de quoi je parle. Vous n'êtes pas nés dans une rose ou dans un chou ! s'exclama-t-elle. Avouez donc que vous jouez déjà à vous faire plaisir, même si c'est un jeu solitaire pour l'instant.

Elle revint vers eux. Les jumeaux n'osaient pas se regarder. Nanni se mit à rire de plus en plus fort. Le son cristallin résonna dans la petite chapelle et il était si contagieux qu'ils se mirent à rire aussi. Leur grand-mère hoqueta et essuya ses yeux avant de reprendre son récit.

\-   Seigneur vous êtes adorables… Le talent de votre mère reposait justement sur sa séduction. Elle pouvait avoir n'importe quel homme ou n'importe quelle femme. Instinctivement elle savait déjà tout. Votre père l'aimait tellement qu'il l'aida souvent à se débarasser de ses petits projets. Mais un jour hélàs il ne put plus l'accepter. C'était trop pour sa conscience. Quand la maladie a frappé votre mère il l'a dissuadée de se faire soigner. Il y a vu un signe du ciel. Elle est morte terrassée par le cancer, sous ses yeux.

Nanni s'interrompit pour laisser passer sa tristesse, avalant sa salive. Puis …

-       Quand vous retournerez chez vous, allez explorer les alentours. Je pense que vous ne serez pas décus. De plus elle m'envoyait régulièrement des compte-rendus de ses exploits. Je vous les laisserai lire un jour. Cette … libido je pense que vous en avez hérité également. Vous devrez juste lui laisser libre court. Cela fera partie de votre apprentissage.
-       Nanni … l'interrompit Emma en se levant de son coussin. Pourquoi sommes-nous comme ca ?
-       Comme quoi ma cherie ?
-       Sanguinaires, termina Charles toujours confortablement installé par terre, les jambes allongées devant lui, les mains derrière la tête.

Leur grand-mère le regarda puis se tourna vers sa petite-fille, debout devant elle.

-       Mais parce que nous nous devons de respecter les habitudes du passé et de nos aïeux mes enfants ! s'exclama-t-elle en levant les bras.

Son ombre semblait prendre de l'ampleur à la lueur des bougies. Les vitraux dansaient toujours autour d'eux.

-       Nous sommes nés pour ca, reprit Nanni sur un ton plus confidentiel. Tout est dans nos gênes. Nous sommes des tueurs. Des sadiques. Inutile de combattre cela. C'est ce que vous êtes. Vous et moi sommes des psychopates. Tout comme votre mère. Tout comme de nombreux autres avant vous. Vous rencontrerez d'autres membres de notre cercle bientôt. Nous avons toujours existé. Notre talent a été bien utile aux puissants de ce monde à de nombreuses reprise. Parfois nous avons ignorés, chassés. Nous passons aujourd'hui inapercus dans ce monde qui va de plus en plus vite. Mais nous sommes là. Dans l'ombre de la lumière. Attendant notre heure pour frapper.

Nanni respira profondément alors que les jumeaux la regardaient sans oser faire un geste pour éviter de la distraire

-      Ici vous serez libres de faire ce que vous voulez. Vous laisserez le sang de vos ancêtres vous guider lors de votre apprentissage. Vous apprendrez à tuer. A jouir. A cacher. A dissimuler. Je ne serai jamais aussi fière que le jour ou vous volerez de vos propres ailes pour perpétuer la tradition. La tradition !!

Emma et Charles restèrent muets devant la puissance de la vieille dame. Leurs yeux brillants fascinés par les ombres qui semblaient l'entourer comme pour la saluer et pour danser en cette nuit d'été… Du fond de leur être ils pouvaient entendre résonner la voix du passé. Demain ils allaient entrer dans ce cercle restreint. Demain ils allaient entrer en devenir…

Apprentissage

Charles s'étira avant même d'ouvrir les yeux. Il pouvait entendre les oiseaux derrière sa fenêtre. Il sentait la chaleur du soleil d'été caresser son visage avec douceur. Il ressentait un bien-être qu'il n'avait jamais connu auparavant et voulait rester dans cet état de torpeur le plus longtemps possible.

Ses immenses yeux bleus s'ouvrirent d'un seul coup sur le haut plafond de sa nouvelle chambre. Il s'assit aussitôt, le souvenir de la veille lui obscurcissantt la vue un court instant. L'arrivée, la rencontre avec Nanni, la mort de leur père, la chapelle, leur héritage. Il n'avait donc pas rêvé tous ces évènements ? C'était vraiment arrivé ?

Bien réveillé à présent il regarda autour de lui.

La chambre qui lui avait été attribuée était dans les tons blancs. Les boiseries du plafond, le plancher de bois, les meubles, le cadre du lit… tout était peint en blanc. A part un tableau unique accroché en face du lit. Charles s'était endormi en le regardant la veille. Et il resta à nouveau hypnotisé par les tons cramoisis de la toile.

Elle ne représentait rien de précis. Juste un ensemble de couleurs variant du rouge le plus clair jusqu'au plus foncé. Mais l'artiste avait réussi à capturer l'essence de quelque chose qu'il ne parvenait pas à identifier.

Charles sortit de son lit pour s'approcher de la peinture, remontant machinalement son pantalon de pyjama trop grand pour sa silhouette longiligne. D'un doigt il souligna les différentes traces de pinceau, s'imaginant à la place de l'artiste.

La fenêtre de la chambre était ouverte sur le parc du domaine. Il pouvait entendre des canards s'appeler sur le lac tout proche et il voulait s'habiller pour aller les observer … Mais il restait curieusement attiré par cette unique tache de couleur dans sa chambre. Il sursauta quand quelqu'un frappa à sa porte.

-      Oui ? lanca-t-il sans quitter les traces cramoisies de la toile du regard.
-      Charles c'est moi ! a chuchoté sa sœur de l'autre cote du battant.

Détournant le regard avec regret il alla ouvrir la porte pour laisser entraîner sa jumelle avant de revenir se planter devant le tableau.

Emma marcha jusqu'à la fenêtre pour regarder vers le lac. Les arbres bougeaient doucement sous la brise matinale encore fraîche. Quelques oiseaux passaient dans le ciel d'un bleu épuré. Un endroit paradisiaque en somme. Elle se retourna pour regarder son frère, toujours plongé dans la contemplation du tableau.

-       A quoi penses-tu ? demanda-t-elle en venant le rejoindre devant la toile.
-       Je ne sais pas. C'est bizarre. J'essaie de comprendre ce que l'artiste a voulu représenter.
-       Une étude de rouges probablement ! sourit la jeune fille en se dirigeant vers le lit.

D'un geste ample elle a referma le duvet puis elle passa une main preste sur la couette pour tendre la housse blanche. C'était un geste machinal et elle n'y prit pas garde. Elle avait toujours été la petite femme d'intérieur de son frère et de son père. Charles poussa un soupir avant de se détourner du tableau pour regarder sa sœur faire sa chambre.

-       Tu ne dois plus faire ca tu te rappelles ? lui a-t-il demandé alors qu'elle battait les coussins pour les reposer sur le lit.
-       Je sais. Mais c'est plus fort que moi rit-elle en lui prenant les mains. Tu es heureux aujourd'hui ?
-       Oui je crois. Je me demande juste ce qu'ils ont fait du corps de papa.
-       Nanni nous l'apprendra quand nous serons prêts j'en suis certaine. Allons prendre le petit déjeuner ! J'ai une de ces faims ! a-t-elle ri en l'attirant vers la porte.
-       En pyjama ?
-       Quelle importance ? Nous sommes les héritiers nous pouvons faire ce que nous voulons tu te rappelles ! J'adore ca ! Toi pas ?
-       Si si … acquiesca-t-il en la suivant dans le couloir. Non sans avoir jeté un dernier regard vers la peinture.

Ils descendirent le grand escalier en faisant la course, leurs cheveux blonds brillants sous le soleil qui envahissait le hall d'entrée par les grandes fenêtres ouvertes sur la fraîcheur de la matinée, riant en entrant dans la salle à manger. Leur grand-mère les attendait, assise dans sa chaise à l'autre bout de la table qui avait été transformée en un buffet digne d'un grand hôtel.

-       Annie s'est surpassée ! s'écria Emma en prenant place à la droite de Nanni tandis que Charles s'asseyait à sa gauche.

-       C'est un vrai cordon bleu ! sourit leur grand-mère. Vous avez bien dormi mes enfants ?

-       A merveille ! Et j'ai une faim de loup ! répondit la jeune fille tout en se saisissant d'un croissant doré. Je peux avoir du chocolat chaud ?

-       En été ? s'étonna Nanni. Mais oui bien sûr. Annie ! Charles que veux-tu pour boire avec tes croissants et tes fruits ?

-       Un thé Nanni merci, chuchota le jumeau en prenant un croissant à son tour, tout en discrétion.

Annie surgit du hall en train de se sècher les mains sur son tablier.

-       Oui Madame ?

-       Un chocolat chaud pour Emma et un thé pour Charles !

-       Tout de suite Madame. J'apporte les œufs brouillés également ?

-       Oh oui !! Répondit Emma avec enthousiasme.

-       Mon Dieu ma petite mais on dirait que tu n'as plus mangé depuis des jours ! a dit Nanni.

-       C'est un peu ca… murmura Charles de sa voix douce

-       Papa ne nous donnait que du pain la plupart du temps.

-       Mais quelle horreur ! Décidément cet homme est mieux ou il est !

Charles leva la tête de son assiette et regarda sa grand-mère avec les yeux soudain remplis d'intérêt. Nanni sourit devant son enthousiasme et lui tapota la main.

-       Tout vient à point à qui sait attendre mon garcon. Mais je pense que vous aurez bien trop à faire très rapidement pour penser à cette carcasse. Ah ! Voici vos boissons et les œufs.

Annie déposa un plateau imposant sur la table et s'affaira à servir les trois convives d'œufs, de chocolat chaud et de thé. Emma n'en croyait pas ses yeux. Tellement de luxe et de volupté tout autour d'eux. Cela donnait le vertige. Elle but une gorgée de son chocolat avec délice. Nanni savoura le café qu'Annie lui avait servi en premier. Charles regardait le fond de sa tasse. Ils restèrent silencieux quelques minutes , savourant cet instant de paix. Annie vint les resservir avec un sourire dès que leurs assiettes furent vides. Cela lui faisait visiblement plaisir que les deux jeunes arrivants apprécient autant sa cuisine.

- Les enfants je vais organiser une garden-party, dit Nanni en poussant sa chaise vers la porte-fenêtre centrale de la salle à manger. Nous allons faire installer une tente au cas ou un orage viendrait l'interrompre. Je voudrais vous présenter au reste du village. Ils vont être enchantés de rencontrer mes petits-enfants.

Charles avala sa dernière gorgée de thé avec nervosité. Il n'aimait pas la foule. Emma quant à elle bondit de sa chaise pour rejoindre Nanni devant la porte-fenêtre.

- Emma sois un ange et ouvre donc cette porte. Les roues de ma chaise m'empêchent d'atteindre le loquet.

La jeune fille s'empressa d'obéir et ouvrit les deux battants d'un geste souple. La chaleur matinale était agréable encore. La brise qui soulevait les lourdes tentures rafraichissaient l'air de la maison. Elle respira profondément l'air parfumé et pur de cette nouvelle journée. Nanni sourit en la regardant. Puis elle se tourna vers Charles qui n'avait toujours pas quitté sa chaise.

Autant elle comprenait Emma et sa joie de vivre autant le caractère plus sombre de son jumeau l'intriguait. On aurait dit le jour et la nuit. Le jeune homme sentit son regard posé sur lui et releva la tête pour la regarder à son tour. Et il sourit. D'un seul coup Nanni comprit que le plus dangereux des deux n'était sans doute pas Charles, même avec son côté obscur et un peu déprimé. Non. La plus dangereuse était la jeune fille debout à ses côtés, pleine de vie, belle comme une fleur sauvage. C'était elle qui menait leur duo. Elle avec son charme lumineux, ses yeux étincelants, ses cheveux d'or dans lesquels venait jouer la brise d'été. Là ou elle irait son frère la suivrait. Ils allaient devenir redoutables et magnifiques.

Nanni prit une profonde inspiration. Ils avaient besoin d'elle pour les guider dans leur voie. Elle frappa dans les mains, saisissant les jumeaux.

-       Emma nous allons te trouver une robe pour vendredi soir, pour la Garden Party. Charles je sais quel costume tu vas porter. Ton grand-père était tout comme toi. Tout en lignes et en épaules. Annie fera les ajustements nécessaires. Vous allez être les reine et roi de ma soirée faites-moi confiance.

Charles les rejoignit devant la porte-fenêtre, le visage lumineux. Elle leur prit chacun la main comme à son habitude et embrassa l'une puis l'autre.

-       Nous allons vous dévoiler au monde mes enfants. Ce sera également l'occasion pour vous de vous faire les dents sur votre premier projet… ajouta-t-elle.

Les jumeaux se sont regardés par-dessus son chignon blanc. L'apprentissage allait bientôt débuter.

Emma se réveilla en sursaut. Elle s'était endormie devant leur télévision comme cela lui arrivait souvent ces derniers temps. L'obscurité règnait dans la pièce. Elle tâtonna pour trouver l'interrupteur de la lampe qui se trouvait à côté du divan. La lumière jaune envahit la pièce et éclaira le bout des chaussures de Charles. Emma sursauta, une main sur le cœur.

-       Seigneur ! Charles ne fais pas des choses pareilles ! Tu as failli me donner une crise cardiaque.
-       Désolé. Je me suis assoupi dans le fauteuil en regardant la télévision.

L'OMBRE LUMINEUSE

Ils éclatèrent de rire.

-       Nous voilà bien tiens, dit Emma en se redressant tout en se
tenant le bas du dos. Si Nanni pouvait nous voir elle rirait
bien. Tu as fini avec la fille ?
-       Pas tout à fait. Enfin si. Pour aujourd'hui.
-       Tu l'as mise ou ?
-       Dans la cave, près du surgélateur ou j'ai rangé ses bras. Ils
n'étaient pas très musclés je suis décu. J'ai cautérisé les plaies.

Emma marcha pour entrer dans la cuisine qui donnait sur le
salon. Elle alluma le lustre.

-       On vérifiera mieux la prochaine fois ne t'inquiète pas. Ses
yeux ?
-       Un peu petits mais la couleur devrait te plaire. Je pense que
c'est une variation de bleu que tu n'as pas encore.
-       Parfait parfait … sourit-elle en se plantant devant le
fourneau. Tu veux manger quelque chose ? Des œufs ?
-       Pourquoi pas.

Il la regarda prendre les aliments et les ustensiles de cuisine,
allumer le gaz.

-       Emma … Tu étais sérieuse concernant la nouvelle maison ?
-       Très sérieuse. Je pense que ce serait la meilleure solution
pour nous. Mes vieux os n'en peuvent plus de l'humidité de cet
endroit.
-       Les miens non plus c'est vrai. Mais il va falloir détruire
tous nos projets.
-       Nous avons encore assez de chaux … nous avons le temps
devant nous. Mais nous devrions commencer dès à présent à
nous débarasser d'eux. Histoire de ne pas nous retrouver à
devoir tout faire en quelques jours.
-       Très bien. Je commencerai demain.

Emma lui sourit puis se mit à préparer à manger. Tandis qu'elle regardait ses œufs se solidifier ses souvenirs l'entraînèrent vers le passé.

La couleur dorée de la nourriture lui rappelait la robe qu'elle avait portée a la Garden Party de Nanni. Comme elle avait resplendi sous les nombreuses bougies de la fête…

Le miroir en pied lui renvoyait l'image de quelqu'un qu'elle ne connaissait pas. Elle se regarda de côté, tourna un peu vers la gauche puis vers la droite. C'était pourtant bien elle.

Emma.

Mais cette jeune femme parée d'une robe comme coulée d'or et qui lui souriait de l'autre côté du miroir semblait si sûre d'elle, si mûre…

Elle se trouvait encore dans sa chambre. Par la fenêtre ouverte sur le parc elle pouvait entendre l'orchestre de cordes que Nanni avait engagé pour la soirée.

Autant la chambre de son frère était blanche autant la sienne était rouge. Comme pour Charles une peinture de couleur différente parait le mur en face du lit. Différents tons de bleus crevaient le mur cramoisi, comme une fenêtre sur un ciel aux nuances de bleus les plus délicates. Elle aussi avait tenté de se mettre à la place de l'artiste et avait effleuré la peinture du bout des doigts.

Elle tourbillonna sur elle-même. Elle hésitait pour ses cheveux. Devait-elle les laisser libres ou serait-ce mieux attachés ? Elle les tint derrière sa nuque et se regarda d'un œil critique. Elle faisait plus femme avec ses cheveux en arrière. D'un hochement de tête elle les laissa retomber devant ses yeux. Et sourit. Ca c'était elle. Une elle plus sophistiquée, plus élégante, plus riche. Plus redoutable ajouta-t-elle avec un petit rire. Elle glissa ses pieds dans les escarpins assortis à la robe et se prépara à descendre.

Elle pouvait entendre des moteurs dans le parc. Les premiers invités arrivaient. Elle se mit une main sur le cœur. Il battait à tout rompre comme s'il voulait bondir de sa poitrine. Ce soir tout allait vraiment commencer.

Elle ouvrit la porte et aperçut Charles faire pareil de l'autre côté du couloir. Ils sortirent chacun de leur chambre avec un ensemble parfait et se regardèrent l'un l'autre éblouis.

Charles portait un smoking qu'Annie avait dû légèrement retoucher. Un gilet doré assorti a la robe de sa sœur se laissait voir sous la veste, ses cheveux blonds étaient coiffés vers l'arrière, dégageant son visage aux traits fins. Le smoking soulignait ses épaules carrées et lui donnait l'aspect d'un homme raffiné.

Charles ne pouvait détacher ses yeux de la jeune fille. La robe dorée l'enrobait comme un rayon de soleil, mettait sa poitrine encore menue en valeur, ses cheveux blonds laissés libres encadrait son visage et le maquillage léger soulignait les grands yeux bleus étincelants..

-	Wow … a-t-il murmuré en la rejoignant au milieu du couloir.
-	J'allais le dire ! rit Emma en le prenant par la main. Viens ! On nous attend !!

Ils coururent vers le haut de l'escalier et se penchèrent par-dessus la rembarde.

Nanni avait engagé des serveurs pour la soirée et ils passaient des cuisines à la grande salle à manger au jardin dans un ballet bien orchestré. Beaucoup revenaient de l'extérieur en jonglant avec des plateaux remplis de verres et de bouteilles. La musique de l'orchestre leur parvenait du jardin. Le soleil commençait à disparaître derrière les arbres. La lumière du crépuscule éclairait à peine le visage des jumeaux. Les ombres jouaient autour d'eux. Emma posa son bras sur l'avant-bras de Charles.

\-   Allons-y !

Son jumeau sourit et lui présenta le bras pour l'escorter jusqu'en bas des marches.

Au même moment Nanni sortit de la salle à manger, sa chaise poussée par un homme âgé, grand et de belle prestance. Elle-même portait une robe de dentelle noire, les gants assortis et un petit canotier posé légèrement de travers sur son chignon blanc avec un peu de coquetterie.

Elle les aperçut en haut des marches et frappa plusieurs fois dans les mains pour attirer l'attention des convives autour d'elle. Le monsieur arrêta sa chaise en bas de l'escalier.

Emma vit plusieurs personnes venir de l'extérieur à l'appel de leur grand-mère. D'autres la rejoignaient depuis la salle à manger. Elle ne savait plus où regarder. Ils semblaient sortir de partout, le visage ouvert et souriant.

\-   Mes amis je vous présente mes uniques héritiers, mes petits-enfants Emma et Charles. Je vous demande de leur souhaiter la bienvenue comme seul notre village peut le faire ! sourit Nanni en les regardant descendre avec une fierté non dissimulée.

Des murmures admiratifs fusaient autour d'elles.

« Comme ils sont beaux ! Regardez l'allure de ces enfants ! Cette robe est magnifique elle s'est surpassée ! Ce jeune homme va faire tourner les têtes je vous l'assure ! Mon Dieu je pense que je suis amoureux » Les compliments venaient de tous les côtés. Nanni sourit, satisfaite.

Les jumeaux s'approchèrent d'elle et elle leur prit à chacun la main comme à son habitude.

- Vous êtes splendides mes chéris leur souffla-t-elle avant de se tourner vers l'assistance. Mes amis ! Mes amis ! Que la fête commence le buffet nous attend dans le jardin ! Amusez-vous et faites connaissance avec ces deux trésors. Ils sont encore un peu timides mais je pense que cela changera rapidement.

Quelques rires fusèrent tandis que les invités s'écartaient pour leur laisser le passage.

Ils se dirigèrent lentement vers l'extérieur.

De hautes torches illuminaient le chemin jusqu'à la tente où les attendait le banquet. Les gens les saluaient sur leur passage avec des sourires. Les jumeaux se sentirent accueillis et acceptés dans la communauté sans aucune difficulté.

La soirée se déroulait sans accroc. Le vin coulait à flot, les gens riaient, il faisait magnifique. Emma papillonnait d'un groupe à l'autre tandis que Charles, plus discret, restait près de Nanni, une main sur le dossier de sa chaise. L'homme âgé qui l'avait accompagnée avait rejoint une dame du même âge.

Le jumeau aperçut la main de Nanni posée sur sa cuisse droite se serrer pour former un poing. Il se pencha vers elle.

-       Tout va bien Nanni ?

Elle leva sa main pour tapoter la sienne à présent posée sur son épaule.

-       De vieilles rancoeurs Charles. On n'atteint pas mon âge sans avoir des regrets qui surgissent souvent au mauvais moment.
-       Que vous a-t-il fait Nanni ? Cet homme ?

-       Il en a choisi une autre, tout simplement. Mais il est toujours resté très attaché à ma petite personne. Malgré les années. C'est un homme lâche dont j'étais très amoureuse il y a bien longtemps. Tu t'amuses Charles ?
-       Oui Nanni. Mais je ne suis pas aussi …
-       Sociable que ta soeur ? rit-elle en regardant passer Emma au bras du fils du boulanger.

Il poussa un profond soupir.

-       Oui exactement.
-       Tu as d'autres qualités mon garçon. Et vous deux ensemble vous possédez absolument tous les atouts pour transformer votre vie en un parcours fabuleux.
-       Nous avons beaucoup de choses à apprendre.
-       Et comme promis nous allons commencer ce
soir. D'ailleurs y a-t-il une personne qui t'intéresse dans le … cheptel présent ? chuchota Nanni.

Charles sentit l'excitation lui monter dans la gorge alors qu'il regardait autour d'eux. Ils s'étaient mis un peu à l'écart, avec vue sur la tente, sur le lac et sur leur demeure. Ils pouvaient ainsi voir la majorité des convives en un seul regard.
Le jeune homme regarda l'homme dont ils avaient parlé quelques secondes auparavant. Mais Nanni secoua négativement la tête très lentement. Il acquiesca et reprit ses observations.

Il entendit Emma rire un peu plus loin. Elle dansait avec un autre cavalier, ses mains délicates posées sur ses épaules. Elle sentit son regard et lui fit un clin d'oeil. Puis d'un délicat mouvement du menton elle lui indiqua sa droite.

Instinctivement il suivit son indication et aperçut une jeune femme vêtue d'une robe blanche à pois rouges sans manche et qui buvait un verre de vin seule, appuyée contre un arbre.

Ses longs cheveux noirs étaient ramenés en une coiffure sophistiquée vers le haut de sa tête. Il pouvait voir ses bras nus, ronds, blancs contre l'écorce de l'arbre. Elle lui semblait trop maquillée, ses lèvres trop rouges, ses yeux trop noirs. Trop apprêtée.

\-   C'est la coiffeuse du village, a soudain dit Nanni. Elle est nouvelle au village. Son salon a ouvert il y a deux mois à peine. C'est d'ailleurs une bénédiction nous n'en avions pas auparavant. Il fallait se rendre à Tours pour se faire coiffer, tu imagines !
\-   Elle est très …

Nanni a éclaté de rire, ce qui attira l'attention de la jeune femme en question sur eux. Elle rougit soudain quand elle remarqua les regards appuyés que Charles lançait dans sa direction.
Elle pencha légèrement la tête sur le côté et bougea de telle manière que la lumière des bougies l'éclairent mieux, mettant ainsi en valeur son décolleté généreux. C'était comme si elle se tendait vers lui sans même s'en rendre compte. Il passa sa langue sur ses lèvres soudain sèches.

\-   Elle s'appelle Florence. Elle est parfaite. Nouvelle au village. Emma a décidément un talent de rabatteuse née … a murmuré Nanni
\-   Que … Que dois-je faire ?
\-   Mais t'amuser mon garçon ! a ri sa grand-mère. Tiens pourquoi ne danserais-tu pas avec elle ? Allez va !
\-   Mais mais et après ?
\-   Flatte-la mets-la en confiance… Charme-la. On verra ensuite. Et si tu veux aller te promener avec elle fais-le. Et profite d'elle si c'est ce que tu souhaites. Personne ne la connaît plus que ça.

Charles rougit au sous-entendu. Nanni fit retentir son rire cristallin et le poussa gentiment vers Florence.

Le jeune homme se dirigea vers la beauté offerte à lui. Elle jouait avec une des mèches échappées de sa coiffure. Sa bouche rouge s'entrouvrait sur des petites dents bien brillantes à la lumière des flambeaux. D'un coup de rein elle se détacha de l'arbre conte lequel elle se laissait aller et attendit qu'il approche, ses yeux sombres posés sur sa silhouette élégante, son corps tendu vers lui.

- Bonsoir, je m'appelle Charles, se présenta-t-il avec un petit hochement de tête.
- Je sais. On m'appelle Flo, pour Florence. Bonsoir, sourit-elle en lui tendant sa petite main.
- Ma grand-mère m'a dit que vous étiez coiffeuse et relativement nouvelle dans la région.
- En effet.
- Tout comme moi, murmura-t-il. Ce qui nous rapproche n'est-ce pas ?

Elle rougit à nouveau. Il remarqua que la rougeur s'étendait jusqu'à ses seins. Il sentit son sexe réagir à l'image aguichante de la poitrine dévoilée par la robe d'été.

- Voulez-vous danser ? lui proposa-t-il en lui présentant son bras.
- Avec plaisir… murmura-t-elle en posant son verre vide sur le plateau d'un serveur qui passait à côté d'eux.

Nanni les regarda passer devant elle, satisfaite.

Charles ne se rendait pas encore bien compte de son charme mais c'était un début. La coiffeuse se serrait contre lui, prête déjà à s'offrir au jeune dandy. Il lui sembla que la soirée débutait enfin. Elle sentit plus qu'elle ne vit Emma venir la rejoindre. La jeune fille s'agenouilla pour être à sa hauteur tout en observant Charles qui dansait à présent avec Florence.

- Comment as-tu deviné toi ? lui a demandé Nanni en posant une main gantée sur la tête dorée de la jeune fille.
- Je ne sais pas. C'était juste évident. Elle n'attendait que ça…

-       Evident … Ma petite tu as un talent inné pour identifier les proies potentielles.

Emma sourit et eut la grâce de baisser la tête sous le compliment.

-       Qu'allons-nous faire ? a-t-elle demandé.
-       Pour l'instant rien. J'ai dit à ton frère de s'amuser un peu. Il a un peu difficile à s'intégrer et à s'amuser avec des étrangers. Il est plus à l'aise pour séduire une personne à la fois que toute une foule d'un seul coup.
-       Comme moi ? a ri Emma.
-       Comme toi. Va donc me chercher un verre de vin blanc jeune fille !

Avec une petite réverence qui fit rire sa grand-mère Emma partit à la recherche de la boisson demandée dans un souple mouvement de hanche. Les regards de tous les hommes présents la suivirent alors qu'elle se dirigeait vers la tente. Nanni sourit. Tout cela présageait beaucoup d'amusement dans les mois qui allaient venir.

Charles serra Florence contre lui alors que l'orchestre entamait une douce mélodie, parfaite pour une entrée en matière romantique. Les seins généreux de la coiffeuse s'écrasaient contre sa poitrine. Son parfum était sucré et entêtant. Elle leva son visage vers lui, ses yeux sombres ne cachant pas son admiration, la bouche ouverte, tentatrice. Le rouge de ses lèvres était du même ton que la couleur la plus sombre du tableau de sa chambre. Comme une plaie béante. Il eut envie de la goûter. Il l'embrassa brutalement, plongeant dans ce rouge sang sans hésitation. Il l'a sentie se raidir un peu sous l'assaut mais elle se laissa vite aller, sa langue croisant la sienne avec passion. Ils s'embrassèrent durant quelques secondes puis elle se retira, les yeux voilés, un peu perdue.

Son rouge à lèvres avait disparu, laissant la place à des lèvres rosées. Un autre ton de la peinture. Il laissa sa main droite descendre le long de la cambrure de son dos. Elle tremblait légèrement.

-       Vous avez froid ? lui murmura-t-il à l'oreille.
-       Non… au contraire … répondit-elle sur le même ton, un peu haletante.

Elle posa son bras sur son épaule et se laissa aller contre lui.

Sa peau blanche si proche, le parfum entêtant, ses seins offerts, sa respiration courte… Charles sentit son excitation monter en lui. Il a respira profondément l'odeur de la peau du bras de Florence, y posa ses lèvres et la mordit brutalement. Elle sursauta et fit un pas en arrière en se tenant le bras. Il ne dit rien et se contenta d'attendre. Et elle revint vers lui.

Ils reprirent leur danse. Il pouvait voir la trace de ses dents sur sa peau. Son excitation augmenta d'un cran devant son marquage.

-       Je … personne ne m'a jamais fait ça, murmura-t-elle sans le regarder.
-       Je n'ai pas pu résister à votre beauté Florence. Pardonnez-moi.
-       Non … il n'y a rien à pardonner. J'ai …

Elle rougit à nouveau en gardant les yeux baissés. Il ne se lassait pas de cette rougeur qui envahissait en même temps sa gorge.

-       J'ai aimé ça, bafouilla-t-elle en relevant la tête, les yeux un peu perdus.
-       Vraiment ?
-       Vraiment …

Elle posa sa tête sur son épaule.

Charles la serra contre lui, se sentant soudain d'une puissance inouïe. Il tenait sa première. Il en était certain.

Il regarda vers Emma et Nanni qui l'observaient d'un peu plus loin.

Emma leva son verre pour lui porter un toast. Nanni fit de même. Charles sourit. Ce soir était leur premier soir d'apprentissage. Et ce serait le dernier de Florence. Cette pensée le rendit heureux tandis qu'ils continuaient à onduler au son de la musique…

Florence Dubois n'avait jamais eu de chance dans sa vie et elle avait du mal a y croire.

Cette soirée devenait extraordinaire. La musique, l'ambiance, le vin, le lieu …

Et à présent ce jeune homme surgi de nulle part, aux yeux bleus étincelants qui venait de l'embrasser et de la mordre comme si elle était un fruit irrésistible. C'est vrai qu'elle avait été saisie en sentant le pincement de ses dents sur son bras mais elle avait aussi ressenti un véritable coup de foudre pour ce garcon.

Tandis qu'ils continuaient à danser elle se demanda quel âge il pouvait bien avoir. Elle n'osait pas le lui demander. Il semblait si jeune et pourtant si mûr déjà. Elle commencait à avoir chaud. Elle leva ses lèvres vers l'oreille parfaite de son cavalier.

-J'ai un peu chaud et très soif. Pourrions-nous prendre un verre ? Seuls ? chuchota-t-elle.

Il la regarda avec surprise comme si il avait oublié qu'elle se tenait contre lui. Mais cela ne dura que le temps d'un instant. Elle crut avoir rêvé.

-     Certainement, venez, sourit-il en la prenant par la main pour l'éloigner des autres convives qui ne leur prêtaient pas beaucoup d'attention, occupés qu'ils étaient à profiter de la nourriture et du vin offerts.

Avisant un plateau, il se saisit de deux verres de vin blanc et lui en tendit un. Puis prit également la bouteille qui se trouvait à côté des verres avec un signe de tête au serveur qui s'éloigna en hochant la tête, amusé. Charles s'étonna lui-même de son aisance. Il se sentait totalement en accord avec le monde qui l'entourait.

Fascinée Florence ne se rendit pas tout de suite compte qu'ils s'étaient enfoncés dans les bois de la propriété.

Quand elle reprit un peu ses esprits, ils étaient allongés sous un noble chêne, la veste de smoking de Charles leur servant de couverture. La tête lui tournait un peu mais elle reprit encore une gorgée de vin.

La nuit était chaude, elle pouvait entendre la musique leur arriver de derrière les arbres. La lumière des flambeaux se devinait entre les troncs. Florence se sentait bien, blottie comme elle était contre le corps qu'elle devinait fin et musclé sous la chemise blanche et le pantalon élégant.

Charles ne se pressa pas. Il profitait du moment. Jamais encore il n'avait fait l'amour mais il ne se sentait pas nerveux pour autant. Elle était à sa merci, il le savait. Aucune urgence, se dit-il en laissant sa main gauche remonter la robe de Florence le long de ses cuisses blanches. Elle soupira d'aise. Visiblement il faisait ce qu'il fallait. Elle se tourna sur le côté, lui donnant accès à ses fesses. Il les caressa quelques instants à travers la culotte de coton.

Elle posa sa tête sur son torse et il vit sa petite main venir se poser sur son sexe. Même à travers le tissu du pantalon il pouvait sentir la chaleur de la jeune femme. Son sexe gonfla sous son excitation. Florence sourit en levant la tête pour l'embrasser.

-Tu as souvent fait ca ? chuchota-t-elle tout en caressant la bosse sous sa main.
-Jamais… soupira-t-il
-Jamais ? Je suis ta première ?

Charles a souri. Si seulement elle avait pu deviner l'humour derrière sa question …. Mais il décida de jouer le jeu. Il se laissa faire et se contenta de la caresser comme il l'aurait fait d'un animal. Florence commença à l'embrasser dans le cou. Il se dit qu'il n'aimait pas beaucoup ca. Par contre il aimait beaucoup l'embrasser. Ses doigts curieux avaient descendu la culotte de sa conquête et exploraient à présent ses parties les plus intimes. Il fut fasciné par le liquide qui s'échappait du sexe de Florence. Elle gémit alors qu'il y introduisait un doigt puis deux. Il l'observa commencer à bouger pour qu'il les enfonce plus profondément. Il en glissa trois facilement alors que la respiration de Florence s'accélérait. Une minute plus tard elle poussa un cri et s'écroula sur lui.

-La première ? Tu es doué … siffla-t-elle, son visage blotti dans son cou.

Cachée derrière un arbre Emma ne perdit rien de la scène. Nanni lui avait conseillé de suivre son frère et lui avait également indiqué ou elle pouvait trouver une matraque dissimulée au pied d' un saule dont les feuilles caressaient la surface du lac tout proche.

L'objet reposait à côté d'elle mais elle n'était pas pressée. Elle pouvait entendre les premières voitures quitter les lieux. La soirée se terminait sous de grands éclats de rire et des remerciements bruyants à leur grand-mère. L'orchestre jouait plus doucement à présent. Très bientôt le silence allait tomber sur le domaine de Nanni.

Elle observa Florence qui se redressait pour s'assoir à califourchon sur son frère, jupe relevée, culotte ôtée lancée dans les buissons tout proches. Charles avait mis les mains sur les seins de la coiffeuse et les triturait sous le tissu léger de la robe. Les petites mains de Florence détachaient la ceinture et déboutonnèrent le pantalon de son frère avec dextérité. Poussant un petit grognement elle libéra sa verge avant de se laisser doucement descendre, s'empalant sur le membre bien dressé de Charles.

Emma se lècha les lèvres. Le couple se mit à bouger lentement. Les mains de Charles avaient réussi à déchirer le tissu de la robe et du soutien-gorge de la coiffeuse. Les seins lourds de cette dernière se soulevaient au rythme de ses hanches.

Charles ne résista pas à la peau blanche et mordit violemment le sein gauche de Florence, jusqu'à la faire saigner. La jeune femme poussa un cri et arrêta ses mouvements de va et vient. Mais le jeune homme ne l'entendit pas de cette oreille.

D'un mouvement souple il inversa les rôles.

Elle était à présent sous lui, ses grands yeux sombres emplis de larmes sous la douleur de la morsure. Mais il n'en avait cure. Il accéléra ses mouvements, plongeant un peu plus profondément dans Florence à chaque coup. Elle se mit à hurler. D'une main il la baîllonna. Les cris de la jeune femme furent immédiatement étouffés. Ses petites mains frappaient le dos de Charles, ses bras, partout ou elle pouvait l'atteindre. Elle parvint meme à le frapper dans le visage. Mais rien n'y fit. La douleur de la morsure et des mouvements brusques de Charles la firent pleurer de plus belle.

Emma regarda avec fascination son frère baiser la jeune femme avec puissance. Il parvint enfin à jouir dans un dernier coup de rein, le cou tendu, la bouche ouverte dans un cri de jouissance.

Mais il n'enleva pas sa main de la bouche de Florence pour autant. Il la regarda fasciné par ce qu'il venait de vivre. Et se rendit compte qu'il avait encore envie d'elle.

La coiffeuse hurla sous les doigts qui enfoncait sa tête de plus en plus profondément dans le sol. A sa grande horreur elle sentit le membre de Charles redurcir a nouveau dans son vagin.

Et les mouvements reprirent, saccadés.

Il jouit encore une fois et s'écarta d'elle, la regardant de toute sa taille, son sexe toujours dressé malgré ses deux orgasmes.

Florence resta allongée quelques instants, choquée par la violence de l'assaut, sa robe relevée jusqu'à la taille, les jambes écartées couvertes de bleus, ses seins portant la trace de la morsure de Charles tendus vers la nuit.
Elle se rassit péniblement. Tout son corps lui faisait mal.

S'appuyant sur le tronc elle constata alors que le silence avait pris possession des lieux. Tout était éteint, la fête un souvenir déjà.

Elle ouvrit la bouche pour exprimer sa colère devant le manque d'attention de Charles quand Emma, arrivée dans son dos, l'assomma d'un coup de matraque.

Elle tomba sur le sol aux pieds des jumeaux. Pauvre poupée cassée.

Emma regarda Charles, l'air triomphant. Il ne dit rien mais sourit tout en remettant son pantalon et en le rattachant avant de se pencher vers la jeune femme inerte.

-        Nanni a dit ou nous pouvions la mettre ? demanda-t-il calmement.
-        Elle a conseillé de la déposer dans la cabane du lac. Il y a tout pour l'attacher et la bâillonner, répondit Emma tandis qu'il jetait Florence sur son épaule. J'ai l'impression que tu as grandi …
-        J'allais dire la même chose.

Ils se turent durant le court trajet pour arriver à la cabane.

Ils ne virent pas leur grand-mère, dissimulée dans l'ombre de la tente encore dressée. Nanni éprouva de la fierté pour ses héritiers. Ils ne l'avaient pas déçu. Et demain matin après la messe, leur vrai apprentissage allait pouvoir commencer. Elle tourna sa chaise et fit signe à Jules qui attendait ses ordres un peu plus loin.

Il s'approcha pour pousser la chaise de la vieille dame jusqu'à la maison.

-        Jules n'oubliez pas de mettre la voiture de la coiffeuse avec les autres. Et d'aller coller un mot sur la porte de son salon. Je vais vous l'écrire. Je pense qu'elle a dû quitter précipitamment la région pour rentrer s'occuper de sa mère souffrante.
-        Je pense la même chose, Madame, a répondu le garde de sa voix grave.

Le rire cristallin de Nanni retentit dans la nuit.

Charles termina son assiette avec gourmandise. Il adorait les œufs. Et le pain qu'Emma s'acharnait à toujours faire elle-même restait un de ses points faibles. Sa sœur le regardait , appuyée contre le comptoir de la cuisine. Elle souit devant l'appétit de son frère. Il avait toujours été bon mangeur … et bon vivant de manière générale.

-        J'étais en train de me souvenir de la soirée .. tu sais la première ? lui dit-elle tout en se mettant à ranger la vaisselle.
-        Florence ! s'exclama Charles en se laissant aller contre le dos de sa chaise. Comment pourrais-je l'oublier? J'ai encore son goût qui me revient parfois. Celui de sa peau, de son sang. Elle était parfaite.
-        Pas tout à fait.

- Ah oui. Ses yeux.
- Bruns.
- La seule.
- La dernière.

Charles rit avant de se lever de table.

- Tu sais quand devraient venir les promoteurs ? demanda-t-il en rangeant la chaise.
- Dans deux jours normalement. Ca me donne le temps d'un peu ranger notre intérieur.
- Oui il vaut mieux. Il faudra que nous rangions notre dernier projet aussi.
- Demain. Dès que j'aurai récupéré ses yeux.
- Bien sûr. Tu veux la laisser en vie ?
- Je ne sais pas encore. On en discutera demain. Il se fait tard je vais aller me coucher. N'oublie pas de bien tout fermer et de vérfifier qu'elle ne peut pas bouger.
- A vos ordres madame, lanca-t-il avant d'aller vérifier que tout était en ordre.

Emma secoua la tête et éteignit les lumières de la cuisine et du salon. Puis elle monta péniblement dans sa chambre. Elle eut une pensée émue pour Nanni et sa chaise roulante. Au moins elle elle pouvait encore utiliser ses jambes.

Il fallait qu'elle pense à prendre contact avec l'émission télévisée. Deux petits vieux qui avaient besoin de se reloger avec un budget de 750,000 Euros devant eux cela allait certainement les intéresser. Non seulement cela leur ferait de l'audience mais en plus ils feraient une bonne action.

Décidément cette idée lui plaisait de plus en plus. L'esprit au repos elle se prépara pour aller dormir.

Florence reprit ses esprits quand le soleil vint effleurer son visage.

De brutales sensations la firent très vite paniquer.

Elle était baîllonnée de telle manière que les commissures de ses lèvres semblaient prêtes à se déchirer. Attachée par une énorme chaine à un anneau d'appontage elle sentait sa poitrine et ses jambes s'écraser sous son poids. Elle se trouvait allongée à même le sol d'un bois rendu humide par de l'eau qui clapotait gentiment sous elle.

Elle regarda autour d'elle autant que possible. Elle se trouvait dans la cabane du lac. Celle qui abritait les barques de plaisance de Nanni.

Elle se souvint de la veille, de la soirée magique qui avait tournée au drame. Elle gémit sous son baîllon. Elle remarqua que ses agresseurs avaient pris la peine de lui remettre sa culotte. Elle se sentait moins exposée malgré l'humidité des lieux qui lui entrait dans les os. Peut-être allaient-ils la libérer ?

Elle tenta péniblement de se défaire de ses liens mais sans aucun résultat. Ses cheveux noirs complètement défaits lui tombaient devant les yeux. Elle secoua la tête pour essayer de dégager les mèches rebelles.

Elle se rendit compte que sa jolie robe était tâchée. Elle sentit les larmes lui monter aux yeux mais essaya de ne pas pleurer. Si elle ne résistait pas elle risquait de s'étouffer sous les sanglots. Aucun air ne pouvait passer à travers le baîllon.

Elle voulut se recroqueviller et tenter de changer de position mais la chaine était trop lourde. Elle retomba lourdement, les yeux posés sur la petite fenêtre qui donnait sur le lac. Elle pouvait juste voir un coin de ciel bleu et quelques nuages blancs.

Elle se mit soudain à hurler sous son baîllon mais le son qui sortit n'atteignait sans doute même pas la porte. Abattue elle laissa sa tête rouler sur le plancher. Elle ne pouvait qu'attendre le retour de ses tortionnaires.

Elle n'avait jamais eu de chance. Elle ferma les yeux. Et les rouvrit presqu'aussitôt. Elle pouvait entendre des pas approcher de la porte. Elle tenta de hurler à nouveau. La porte s'ouvrit en grand sur deux silhouettes. La lumière brutale de l'extérieur l'aveugla quelques secondes mais la porte se refermait déjà sur les deux arrivants.

-       Tu vois elle va bien ! dit une voix de femme.
-       J'avais besoin de la voir pour y croire surtout ! murmura l'homme. Charles reconnut aussitôt la coiffeuse en frissonnant.
-       Nanni nous attend pour la messe. Tu es rassuré à présent ? Comment veux-tu qu'elle puisse s'enfuir ?

Florence tenta de parler mais sans succès.

-       Regarde elle essaie de parler c'est mignon… dit la femmeen s'agenouillant devant elle. Florence ouvrit de yeux immenses en reconnaissant la si jolie Emma.

-       Mais tu n'as pas encore compris Florence ? Tu ne parleras plus jamais. Ja-mais. Jamais jamais jamais jamais. Tu sais comme dans la chanson ? sourit la jeune fille en balancant la tête en mesure.

-       N'avoue jamais jamais jamais jamais, chantonna Charles debout derrière elle.
-       Tu la connais non cette chanson ? Essaie de te rappeler des paroles ca t'occupera. Bon nous devons nous rendre à la messe Nanni a insisté. A tout à l'heure !!

Sur un geste presque amical de la main les jumeaux repartirent dans le soleil, laissant leur proie hurlante sous son bâillon dans l'humidité de la cabane.

***

Emma s'étira longuement, debout sur la rembarde qui menait à la rive. Elle se sentait bien sous sa blouse légère et dans son pantalon corsaire. Charles la regarda en souriant. Elle lui prit la main et ils coururent rejoindre Jules qui sortait la vieille Citroën du hangar situé derrière la grande maison de Nanni.

Essoufflés ils montèrent dans la voiture, Charles à l'avant, Emma à l'arrière avec leur grand-mère. Cette dernière venait d'être déposée sur le siège par Jules qui s'installa ensuite derrière le volant. La jeune fillle prit la main gantée de la vieille dame entre les siennes et la porta à ses lèvres.

-       Vous appréciez votre premier projet les enfants ? demanda Nanni tandis que Jules faisait démarrer la voiture.
-       Oui Nanni beaucoup, répondit Charles avec enthousiasme.
-       Oui Nanni mais ... Emma fit une petite grimace
-       Mais ?
-       Elle a les yeux bruns, bouda la jeune fille.

Nanni éclata de rire devant l'air râleur de sa petite-fille.

-       Tu aurais préféré bleus ? alui demanda-t-elle alors que la voiture sortait de la propriété pour prendre la direction du village.
-       Oui. Mais ce qui m'agace surtout c'est que je ne me sois pas apercue qu'ils étaient bruns ! dit Emma en croisant les bras. Il faudra que j'y fasse plus attention.
-       Il faisait sombre chérie. Ne te blâme pas trop.

Emma se contenta de hocher la tête. Elle éviterait de se tromper à l'avenir. Elle regarda approcher les maisons du village et le joli clocher qui se dressait en son centre.

Jules conduisait prudemment et surtout très lentement.

Les habitants reconnaissaient la voiture et beaucoup les saluèrent d'un coup de chapeau ou d'un geste de la main. Nanni est décidément fort populaire se dit Charles en répondant d'un hochement de tête au salut du fils du boulanger.

Lentement ils passèrent par les petites rues du village. Emma remarque le salon de coiffure de Florence. Une large pancarte annoncait la fermeture pour une raison indéterminée en raison d'un deuil dans la famille. Elle regarda sa grand-mère de côté qui se contenta de lui tapoter la main qu'elle avait posée entre elles.
Ils arrivèrent enfin sur le parvis de l'église. Le curé autorisait exceptionnellement Jules à garer la voiture devant la porte pour faciliter l'arrivée de Nanni et lui permettre d'entrer dans l'église avec aisance-

Les jumeaux sortirent de la voiture et furent accueillis par les derniers paroissiens qui s'apprêtianet à entrer dans l'église. Jules avait sorti la chaise roulante de Nanni et il emporta cette dernière dans ses bras avec délicatesse pour l'y installer. Emma se mit derrière la chaise pour la pousser tandis que Charles servait d'escorte à leurs côtés. Jules partit garer la voiture avant de revenir quelques minutes plus tard s'asseoir auprès de sa femme, dans le fond de l'église.

Emma et Charles s'installèrent sur le premier banc de l'assemblée à côté de leur grand-mère. Le Père Victor vint se placer au-devant de l'assemblée et le silence se fit. Grand et bien portant, la barbe poivre et sel soignée, le cheveu court, il grimpa dans sa chaire en deux grandes enjambées sous le regard amusé des deux nouveaux habitants du village.

Les jumeaux ne firent pas trop attention à son sermon. Ils étaient bien trop intéressés par les objets du culte qu'ils découvraient pour la première fois. Leurs parents n'étant pas pratiquants ils ne les avaient jamais amenés assister à une messe. Ils entendaient le Père Victor en bruit de fond tandis que leurs yeux curieux parcouraient l'église de haut en bas, s'attardant sur les objets de culte posés sur l'autel. Le soleil s'y reflétait et soulignait l'or qui les composait.

La messe parut durer une éternité à Emma mais Charles apprécia ce moment de calme et de communion.

Quand les autres priaient il baissait la tête pour repenser à Florence. La voir impuissante ce matin lui avait beaucoup plu. Les yeux fermés il la revoyait allongée sur le sol en bois, couverte de chaînes, ses longs cheveux recouvrant en partie son visage. Il revoyait les bleus sur ses jambes aussi. L'idée que c'était lui qui l'avait marquée de cette facon lui plaisait. C'est au bruit des chaises sur le sol en pierre qu'il rouvrit les yeux. Emma s'est penchée vers lui.

-       Tu t'es endormi ? murmura-t-elle avec un sourire.
-       Non. Mais j'ai rêvé ! répondit-il avant de se lever pour ensuite se dirigier vers leur grand-mère pour pousser sa chaise.
-       Nous sommes invités pour le déjeuner chez monsieur le curé les enfants, leur dit alors la vieille dame.
-       Oh zut ! s'exclama Emma avant de mettre une main devant la bouche avec un petit sourire gêné.
-       Oui je sais vous vouliez jouer un peu mais cela devra attendre. Une des lecons que je voudrais vous enseigner est de toujours vous mêler à vos voisins. Vous devez être sociables, vous montrer autant que possible lors des manifestations organisées par les uns et les autres. Non seulement vous devenez membre de la communauté et donc insoupconnables mais de plus ca fait partie d'une bonne éducation, expliqua Nanni alors qu'ils passaient la porte pour s'arrêter sur le parvis.
-       J'amène la voiture Madame ? demanda Jules qui les attendait un peu sur le côté comme à son habitude.
-       Nous allons déjeuner chez le Père Victor Jules. Profitez-en pour amener votre adorable épouse manger quelque chose au restaurant. Vous direz a Mathieu de mettre l'addition à mon compte.
-       Bien madame. Merci ! sourit l'homme de main avant de rejoindre Annie qui leur fit un petit signe de la main.

L'OMBRE LUMINEUSE

Le Père Victor était en train de serrer les mains des derniers paroissiens. Il se tourna vers eux avec un grand sourire. Il restait ébloui par la grâce et la timidité apparente des jumeaux. Il s'approcha de Nanni qui trônait entre eux comme une souveraine, un sourire sur son visage gâté par les ans. Il lui serra la main avec délilcatesse.

- Très joli sermon mon père, le félicita Nanni. Et nous vous remercions pour votre invitation.
- Je suis ravi de vous accueillir. Surtout après la fête que vous avez organisée hier soir. Ce fut un tel ravissement. Encore merci pour votre invitation. Par contre je crains que mon humble demeure ne vous semble étroite.
- Allons allons ne dites pas de bêtises. Votre maison est l'une des plus grandes du village.
- Il est vrai il est vrai, rit le Père Victor. Et l'avantage c'est qu'elle est toute proche. Suivez-moi !!

Charles poussa Nanni en direction de la maison en question. Emma leur emboîta le pas. Le clocher sonna au-dessus d'eux. Une heure de l'après-midi. Florence devait commencer à avoir faim. Souriante elle accéléra le pas pour suivre Nanni et Charles qui entraient dans la maison du curé.

*****

Le repas dura beaucoup plus longtemps que prévu.

Le Père Victor s'avéra être un hôte non seulement très généreux mais aussi très intéressant. Ils parlèrent de tout et de rien. Il appréciait visiblement leur compagnie. Le curé enclencha même une discussion théologique avec Charles qui se montrait très intéressé.

Lorsqu'ils quittèrent la maison de leur hôte le soleil commencait déjà à descendre derrière les toitures du village. La lumière de la fin du jour les accueillit quand ils sortirent sur le parvis, remerciant encore une fois le Père Victor pour son amabilité.

-        Allons rentrons rapidement, sourit Nanni alors que Charles se mettait à pousser sa chaise avec puissance.

Les yeux d'Emma brillaient d'enthousiasme. Elle ne pensait plus qu'à Florence et à ce qu'ils allaient pouvoir lui faire durant toute la nuit. Elle respira profondément avec une satisfaction non dissimulée. Mais Charles restait plus discret . Sa sœur le regarda avec curiosité. Un peu gêné il ne voulut pas lui dire que la conversation avec le curé l'avait fasciné et troublé à la fois. Cette idée du mal et du bien tellement ancrée dans le discours du Père Victor l'avait un peu mis mal à l'aise.

Emma le poussa du coude et lui lança un sourire tellement brillant qu'il sentit revenir en lui l'envie de jouer avec Florence. Et un sourire finit par tendre ses lèvres également alors qu'il se mettait à pousser la chaise de Nanni avec un nouvel entrain.

La chaise fit un bond en avant sous la nouvelle poussée, arrachant un petit cri de surprise de la part de la vieille dame. Jules les attendait auprès de la voiture garée à nouveau devant l'église.

D'un mouvement ample il installa Nanni sur le siège arrière et les jumeaux reprirent leur place, Emma à ses côtés, Charles devant. Ils restèrent silencieux tout le long du trajet. Cette fois-ci la voiture roula plus souplement et plus rapidement dans les rues du village déserté.

Après quelques minutes à peine ils se retrouvèrent devant la propriété. Jules sortit et poussa les grilles. Annie avait laissé le lourd cadenas de l'entrée ouvert à son retour quelques heures plus tôt. La voiture les déposa devant l'entrée de la demeure dont la porte était ouverte pour les accueillir.

La femme du chauffeur avait laissé une lampe allumée dans le hall d'entrée. Jules sortit Nanni selon le rituel habituel et la déposa dans sa chaise avec douceur. Avec un signe de main il leur dit bonsoir et partit ranger la voiture dans le hangar derrière la maison. Puis il s'éloigna dans le crépuscule pour rejoindre sa femme après avoir refermé le cadenas des lourdes grilles. La nuit pouvait s'emparer du domaine.

Nanni et les jumeaux le regardèrent disparaître derrière les arbres. Puis la veille dame regarda ses petits-enfants avec affection.

-       Allez-y je pense que votre premier projet doit s'impatienter, dit-elle en poussant sa chaise vers l'intérieur de la maison.

Les jumeaux acquiescèrent sans un autre mot et prirent la direction de la cabane, contournant la tente de la garden-party qui devait encore être démontée le lendemain matin. La nuit envahissait le domaine d'ombres de plus en plus larges. On pouvait entendre les premiers crapauds croasser de l'autre côté de l'étang, laissé à l'état sauvage selon la volonté de Nanni.

La couleur argentée de la lune remplaca inexorablement l'or du soleil d'été. Les jumeaux passèrent le ponton qui menait à la cabane et s'arrêtèrent devant la porte de bois. Ils échangèrent un sourire et Charles poussa la porte.

Leurs yeux mirent quelques secondes à s'adapter à l'obscurité qui règnait déjà dans la cabane. Charles se saisit de la grosse lampe de poche accrochée à côté de la porte et illumina la cabane de son rayon lumineux. Etagères, boîtes, outils pendus au mur, longue table de métal installée de l'autre côté de la cabane…. Tous les objets rangés soigneusement dans la cabane sortirent de la nuit et finirent par donner à la scène un aspect dramatique qui lui plut immédiatement.

Charles s'amusa durant quelques secondes avec la lumière, découvrant soudain des outils soigneusement rangés sous la table métallique. Il se lécha les lèvres avec gourmandise.

Couchée, Florence leur tournait le dos, toujours écrasée par le poids des chaînes. Sa jolie robe était souillée à l'arrière, ses longs cheveux noirs cachaient totalement son visage. Emma s'agenouilla à ses côtés, se saisit d'une épaule blanche et la tourna brusquement vers eux.

Les yeux bruns de la coiffeuse étaient ouverts mais semblaient totalement vides. Ses mains avaient pris une couleur bleutée dûe aux liens trop serrés. Son visage portait les marques de ses larmes et le bâillon avait fini par lui déchirer les commissures des lèvres. Emma fronça le nez à son odeur.

-       Tu n'as pas pu te retenir sale fille ? murmura-t-elle en se redressant, dégoûtée. Tu as sali ta jolie robe. Quel dommage. Charles tu vois des ciseaux quelque part ?

Florence avait repris ses esprits péniblement en entendant leurs pas. Elle s'était endormie malgré la douleur et le choc de sa situation. Elle avait tenté de se libérer mais les chaînes étaient beaucoup trop lourdes. Elle ne voulait pas les voir, elle voulait juste survivre, leur échapper.

Ses yeux se posèrent sur les jolies sandales de cuir d'Emma. Elle gémit doucement. Elle vit les pieds s'éloigner puis revenir. Emma s'agenouilla à nouveau devant elle, une paire de ciseaux à la main. Florence la regarda approcher les ciseaux de son décolleté, elle sentit le froid de la lame que la jumelle passa sous le tissu. Soigneusement Emma découpa la robe de haut en bas puis écarta les deux pans de tissu pour dévoiler le corps nu et les sous-vêtements de Florence. Cette dernière secoua la tête, hurla derrière son bâillon, ses cheveux noirs volant de part et d'autre. Charles les regardait toutes les deux, fasciné par le calme de sa sœur et par l'hystérie de leur victime.

-       Bon par quoi allons-nous commencer ? demanda Emma en se redressant.
-       Tu devrais lui couper ses sous-vêtements aussi …

L'OMBRE LUMINEUSE

Elle découpa la brassière de Florence, laissant ses seins lourds retomber un peu sur les côtés. Elle allait faire pareil avec la culotte de la coiffeuse mais Charles fut plus rapide qu'elle. Il l'arracha d'un seul coup, faisant hurler Florence sous son bâillon. Emma sourit devant l'enthousiasme de son frère. Les vêtements de leur victime furent prestement poussés loin d'eux.

Les yeux bruns de Florence semblèrent d'agrandir encore quand Charles se pencha vers elle et posa sa main droite sur son ventre. A moitié folle elle secoua la tête de tous les côtés au contact glacial des doigts de Charles.   Il regarda sa main, posée juste en-dessous du nombril de Florence. Il avait dû lui enfoncer son sexe jusque là. Le corps humain était extraordinaire. Il la caressa doucement, faisant gémir Florence qui continuait à se débattre comme elle le pouvait.

-	On la laisse par terre ? demanda Emma.
-	Non ce n'est pas très confortable pour la suite. Ote-lui les chaînes je ne pourrai pas la bouger sinon.
-	Tu as raison. Mets-la sur la table dans le fond. Ce sera plus facile, répondit Emma tout en prenant dans sa poche la clé du cadenas qui maintenait les chaînes en place.

Elle libéra les chevilles et les poignets de la coiffeuse avec lenteur. Cette dernière se sentit soulagée quand le poids du fer tomba sur le côté. Mais ses mains et ses chevilles étaient toujours aussi serrées dans leurs liens. Les jumeaux avaient pris soin de l'attacher avec une corde avant de l'alourdir des chaînes. Elle se mit à pleurer doucement.

Totalement insensible Charles se pencha sur elle et la jeta sur l'épaule avec brutalité. Florence sentit ses côtes céder sous le choc et eut le souffle coupé. Elle se retrouva la tête en bas, ses longs cheveux noirs pendaient presque jusqu'au sol. Elle sentit les doigts de Charles serrer ses fesses puis deux d'entre eux la pénétrèrent, un par-devant l'autre par-derrière. Elle tenta à nouveau d'hurler mais ne fit que déchirer encore un peu plus la commissure de ses lèvres. Charles laissa ses doigts jouer à l'intérieur de la jeune femme, surpris par sa chaleur. Florence s'évanouit, à moitié étouffée, violentée. Emma lui attrapa les cheveux pour relever sa tête et regarda le visage inerte avec dégoût.

-       Décidément elle ne supporte pas grand-chose ! s'exclama-t-elle tandis que Charles allait déposer la coiffeuse sur la table de métal.

Il la jeta sur la surface comme il l'aurait fait d'une carcasse.

-       Tu veux lui faire quoi ? demanda-t-il en se tournant vers sa sœur tout en laissant ses doigts continuer à violer l'intimité de Florence.
-       Je ne sais pas encore. Je voulais des yeux bleus … dit Emma en le rejoignant.
-       La prochaine fois.

Ils se regardèrent avec un sourire complice. Emma remarqua que Charles continuait ses mouvements de va et vient dans le corps inerte de Florence avec abandon.

-       Elle est si chaude à l'intérieur, c'est fascinant, expliqua-t-il tout en rougissant un peu.
-       Je crois que je vais tout de même prendre ses globes oculaires. Ca me fera un exercice, murmura Emma en regardant le corps blanc étendu devant eux.
-       Tu veux prendre quoi comme outil pour ca ?
-       Je pense qu'une cuillère serait parfaite …
-       Il n'y en a pas sur l'établi ?
-       Non. Ce n'est rien je vais aller en chercher une à la maison. Tu m'attends ?
-       Evidemment, sourit Charles. Et si tu trouves une lampe tu peux la ramener ? Il commence à faire vraiment sombre ici même avec la torche électrique.

Emma agita la main en sortant. Le jeune homme se retrouva seul avec la coiffeuse, toujours inerte. Il en profita pour essayer de lui mettre deux doigts puis trois. Fasciné il constata qu'en forcant un peu il pouvait lui enfoncer le poing dans le vagin.

Sous la douleur causée par cette intrusion Florence rouvrit les yeux. Elle sentit le métal contre la peau de son dos et frissonna tout en se mettant à pleurer sans même s'en apercevoir. Charles ôta brutalement sa main, lui donnant la sensation de lui arracher le bas-ventre. Elle n'en pouvait plus de ce monstre. Sa tête se mit à cogner la table à intervalle régulier, faisant résonner le métal sous ses coups. Désespérée elle tapa de plus en plus fort tout en priant de parvenir à s'éclater la tête pour en finir avec ces deux monstres de froideur. Mais la main droite de Charles lui plaqua le crâne contre la table tandis qu'il hochait la tête.

-       Non non arrête. Tu vas finir par te faire mal tu sais… chuchota-t-il en se penchant sur son oreille.

Il sourit en entendant les gémissements de la victime. Elle était amusante finalement … à vouloir se tuer pour leur échapper.

En sifflotant, il prit une ceinture de cuir qui pendait sur le côté de la table et qui servait à immobiliser les pièces de bois utilisées pour réparer les barques du domaine. Il attacha la tête de la jeune femme contre le métal puis reprit ses explorations anatomiques. Il posa ses mains sur les seins de Florence et les écrasa avant de les tordre dans tous les sens.

Florence se mit à sangloter alors qu'il lui mordait les tétons jusqu'au sang. Tout en passant la langue sur les lèvres il apprécia le goût métallique et frais. Il se demanda s'il n'allait pas essayer un morceau de chair quand Emma réapparut, porteuse d'une lampe tempête dans laquelle brûlait une épaisse bougie. La lumière dorée qu'elle dégageait se posa sur la cabane, lui donnant un air presque confortable.

-       Parfaite la lampe ! Tu l'as trouvée ou ?

-       A l'entrée je pense que Nanni s'est douté que nous aurions besoin de lumière ! expliqua Emma en posant la lampe sur l'étagère au-dessus de la table. Comment avance notre projet ?

-       J'ai dû lui caller la tête. Elle essayait de s'assommer.

Emma se pencha sur Florence et lui caressa les cheveux au-dessus de la ceinture.

-       Allons Florence tu es notre premier projet. Tu te doutes bien que nous souhaitons que tu puisses profiter de tout, lui dit-elle.

La coiffeuse gémit sous le baîllon. Le sang coulait de part et d'autre de sa bouche. Elle avait froid, elle était terrorisée et les jumeaux semblaient adorer ca. A nouveau elle tenta de se libérer, faisant bouger ses jambes autant que possible. Mais elle n'avait plus de force. Epuisée elle s'immobilisa.

Charles détacha ses chevilles pour les attacher aux pieds de la table, écartant ses jambes, la laissant encore plus vulnérable à ses molestations. Emma quant à elle s'occupa de ses poignets. En quelques minutes elle se retrouva jambes et bras attachés à la table. Charles passa la main sur son corps mais elle ne réagit plus. Il la caressa jusqu'à son bras. Les liens faisaient ressortir les muscles qu'il effleura du doigt. Ils étaient loin de ressembler à ceux de Nanni, à ces beaux bras musclés par l'utilisation de la chaise… Mais ils étaient fins, délicats. Parfaits pour sa première fois.

Emma regarda la coiffeuse la main sous le menton, songeuse sous ses cheveux blonds. Avec un sourire elle se saisit des ciseaux qui avaient été posés sur l'étagère devant eux. Elle alla se mettre debout derrière leur victime. Charles la regarda avec curiosité. D'un coup de ciseau elle coupa une épaisse mèche des cheveux sombres. Puis une autre. Puis encore une autre. Florence ne réagissait plus.

Ses yeux fixés au plafond en bois de la cabane ne reflétaient plus aucune peur. Emma coupa et coupa et coupa encore. Puis elle tailla au plus près possible du crâne de la coiffeuse. Charles continua à la regarder tout en laissant sa main caresser le biceps de leur victime. Sa jumelle ramassa les cheveux et les tressa. Une fois son travail terminé elle revint aux côtés de son frère et montra l'épaisse tresse ainsi constituée à la coiffeuse qui tourna sa tête rasée vers elle avec lassitude.

-      Tu vois tu es à notre merci. Tu ne peux rien faire, murmura Emma se penchant pour mieux être dans le champ de vision de leur première victime. Tu vas sortir d'ici mais en pièces détachées. D'abord tes cheveux … c'est facile. C'est indolore. Puis tes yeux. Il paraît que ca ne fait pas tellement mal… tu nous diras. Après on te coupera la langue. Charles voudrait aussi conserver tes bras. Pour le reste on te mettra dans un sac et on te jettera de l'autre côté de l'étang, avec une des vieilles ancres des anciennes barques qui pourrissent derrière la cabane. Tu comprends Florence ? Tu seras notre premier chef d'œuvre… secret. Un projet connu de nous seuls. Plus personne ne se souviendra de Florence Dubois… Personne à part nous…

Florence regarda la jeune fille aux yeux si bleus qui tenait la tresse de ses cheveux devant elle. Elle ne pleurait plus. Elle était en enfer. Charles avait réintroduit son poing dans son vagin … Et quand Emma approcha la cuillère de son œil droit, elle perdit la raison…

Le bruit de la pluie réveilla Charles. Il resta quelques minutes à l'écouter. Il avait merveilleusement bien dormi. Parler de Florence avait toujours cet effet relaxant sur lui. Il soupconnait d'ailleurs Emma de l'utiliser quand elle le sentait stressé. Il était bien couché sous la couette, son vieux corps le laissant enfin en paix avant qu'il ne lui demande à nouveau de se mettre en route, de faire des efforts sans doute un peu trop puissants pour lui. Durant un moment très bref il eut la sensation d'avoir 18 ans à nouveau. Il se revit le lendemain de la mort de

Florence. Couché de la même manière, écoutant la pluie tomber sur le toit de la demeure de Nanni.

Un sourire passa sur ses lèvres sèches. Quelle belle nuit que cette nuit-là. Il revit clairement ses globes oculaires vidés avec délicatesse par Emma, le sang qui avait transformé le visage de Florence en une étrange créature… Ils lui avaient arraché le bâillon pour lui permettre de hurler une dernière fois avant de lui couper la langue. A leur grande surprise elle n'avait émis aucun son.

Finalement elle tint mieux le coup que ce qu'ils avaient pensé. La perte de sang fut la cause de son décès aux petites heures du matin. Mais son esprit avait déjà quitté son corps bien avant. Ils avaient essayé d'identifier à quel moment précis mais n'étaient jamais arrivé à un accord.

Peut-être quand Emma lui avait ôté son œil gauche … Ou au moment ou il avait enfin réussi à détacher son premier bras. Le reste avait été facile. Ils avaient transporté le corps soigneusement découpé dans un grand sac de jute qu'ils avaient lesté d'une des vieilles ancres comme ils lui avaient promis.

C'est lui qui avait ramé jusque de l'autre côté de l'étang, Emma laissant sa main filer sur l'eau. Quelques canards les avaient regarder passer sans beaucoup d'intérêt. Jeter Florence ne prit que deux secondes. Ils l'avaient regardée couler et s'étaient alors rendus compte de la profondeur de l'eau. En riant Emma lui avait dit qu'ils pourraient encore bien s'amuser.

Revenir à la demeure, prendre une douche rapide pour enlever les restes et les odeurs de sang ne lui avait pris que quelques minutes. Il s'était endormi comme un bébé dans sa chambre blanche au tableau rouge. La conscience tranquille il avait rêver pour la première fois des bras blancs délicatement posés dans la cabane et dont il allait pouvoir s'occuper à loisir.

-       En résumé une bien belle nuit, murmura Charles en se redressant péniblement.

Son dos le faisait souffrir de plus en plus. L'arthrose ! avait mentionné le médecin lors de sa dernière visite, pas grand-chose à faire … à part déménager sous des cieux plus cléments.

Il se redressa autant que possible pour soulager ses vertèbres avant de passer ses jambes du côté gauche du lit.

Avec un effort il parvint enfin à se mettre debout. La pluie tombait toujours. Il l'entendait rebondir sur le petit toit en tôle de leur remise. Il enfila la robe de chambre posée sur la chaise la plus proche et mit ses pantoufles. Puis il s'apprêta à descendre pour préparer le café. Emma allait certainement dormir encore une heure ou deux.

Descendant lentement les vieilles marches recouvertes d'une moquette moutarde il songea à tout ce qu'il allait devoir faire en cette nouvelle journée. J'ai besoin d'un plan, se dit-il en prenant le café dans l'étagère au-dessus de la cuisinière. Tout en mettant le percolateur en marche il chercha une feuille de papier blanche pour noter ses différentes idées.

La première qui lui vint à l'esprit était de redessiner leur petite propriété et indiquer par des croix ou avaient été conservés leurs projets.   Se mettant à la tâche il se rappela d'un moment presque identique. Dans la cuisine de Nanni.

-       Je me demande comment nous pourrions attraper notre prochaine victime … murmura Emma en trempant son sucre dans sa tasse de café.

Charles leva le nez de son assiette pour la regarder. Elle tournait lentement le petit bloc blanc dans le liquide noir, ses fins sourcils froncés, le menton reposant sur son autre main. Le temps était à l'orage. Le ciel semblait plombé, aucun courant d'air ne passait malgré les fenêtres grandes ouvertes de la cuisine. A l'extérieur plus aucun oiseau ne se faisait entendre. Quelques minuscules mouchettes noires vinrent se poser sur la nappe en plastique qui recouvrait la longue table de bois clair de la pièce.

Ils attendaient Nanni pour partager le petit déjeuner ensemble comme chaque matin depuis une bonne semaine. Ils préféraient la cuisine à la salle à manger un peu trop pompeuse à leur goût. La reine du domaine, Annie, était allée aider Nanni à se préparer, les laissant seuls quelques instants.

-         On ne peut pas chaque fois dépendre de Nanni et de ses soirées, donna la jeune fille comme explication, sans quitter le sucre qui s'évanouissait lentement dans le café brûlant du regard.
-         Oui tu as raison. Evidemment. C'est une bonne question… répondit Charles en se saisissant d'un bout de pain. Le problème c'est que nous ne savons pas conduire… Sinon on pourrait aller plus loin, dans d'autres villages.
-         On pourrait observer les nouveaux habitants … s'enthousiasma Emma en buvant sa première gorgée de café.
-         Seulement on serait facilement repérable avec la voiture, lui rétorqua Charles en beurrant son morceau de pain.
-         Tu as raison. Je n'aime pas quand tu as raison.

Ils se regardèrent fixement pendant une minute puis éclatèrent de rire. Juste à ce moment Nanni pénétra dans la cuisine. Elle sourit en les voyant aussi joyeux. Leur jeunesse et leur joie réveillaient la vieille dame tout autant que la vieille maison. Elle adorait les entendre courir dans le couloir du premier étage quand ils leur prenaient l'envie de faire une partie de cache-cache. Ils étaient encore si jeunes malgré leur 17 ans. Elle poussa sa chaise pour se place en tête de table, entre eux deux.

-         Eh bien vous me semblez de bonne humeur ce matin les enfants ! Ca fait plaisir à mon vieux cœur. Vous avez bien dormi malgré la chaleur ? Personnellement je n'ai réussi à m'endormir que très très tard, minauda-t-elle en se servant une tasse de café.

-        Il a fait chaud mais j'adore ca ! sourit Emma. A part les moustiques …
-        Moi je les aime bien. Quand je les écrase ils me laissent un peu de sang sur le bras ou sur la jambe. J'adore ca, répondit Charles avant de mordre dans sa tartine.

Grand-mère et petite-fille se regardèrent et se mirent à rire tandis qu'il dévorait son pain.

-        Nanni tu dois nous aider …. Nous avons besoin de tes conseils et de ton expérience, dit Emma en posant une main sur l'avant-bras gauche de la veille dame.
-        Dites-moi dites-moi.
-        Tu sais ce qui s'est passé avec Florence nous a beaucoup beaucoup plu.
-        Je m'en doute vous êtes gais comme des pinsons depuis lors.
-        Mais ca ne va pas durer.

La voix de la jeune fille était descendue d'un octave. Nanni sentit un frisson se répandre dans son cou et blâma le vent qui venait de se lever, faisant soudain claquer portes et fenêtres. Ils entendirent Annie s'exclamer dans le salon. Bientôt suivit le bruit des fenêtres rapidement refermées. Charles leva le nez comme un chien aurait pu le faire pour humer les odeurs qui leur parvenaient des jardins et du lac. Il ferma les yeux et respira profondément. La vielle dame réalisa qu'il essayait peut-être aussi de sentir l'odeur du cadavre de la coiffeuse. Elle avala son café sans rien dire alors que le premier coup de tonnerre ébranlait la demeure.

-        Et qu'attendez-vous de moi ? demanda-t-elle alors qu'Annie rentrait dans la cuisine en courant pour fermer toutes les fenêtres.
-        On cherche une idée pour trouver notre prochaine victime, expliqua Charles en prenant un second morceau de pain.
-        Ah je vois …

\-   Mais le problème c'est que les autres habitants du village se connaissent bien tous. Nous nous sommes dit qu'il fallait aller plus loin, dans d'autres endroits, continua Emma, ses yeux bleus étincelants.

\-   Mais même si Jules nous apprenait à conduire, nous serions vite repérés avec la voiture, conclut Charles.

Nanni hocha la tête. Ils soulevaient un excellent point. Elle se servit une seconde tasse de café. Annie enleva le panier de pain vide et en amena un nouveau, à la grande joie de Charles qui piocha immédiatement dedans. Emma le regarda avec désapprobation.

\-   Tu manges trop Charles, tu vas finir énorme.

\-   Je n'y peux rien je meurs de faim, répondit son frère.

\-   Allons Emma laisse-le donc un peu. Donnez-moi un jour ou deux pour trouver une solution à votre problème.

Les jumeaux se turent et le seul bruit qu'ils entendirent durant plusieurs minutes furent les épaisses gouttes de pluie qui venaient d'écraser sur les vitres. Ils n'avaient pas besoin de parler. Leur compagnie leur suffisait. Annie commençait à débarasser la table quand le bruit d'une cloche résonna à l'extérieur. Emma et Charles sursautèrent et regardèrent leur grand-mère. Cette dernière éclata de rire à leurs visages surpris.

\-   C'est la cloche de la grille les enfants voyons ! Jules va certainement aller voir. Annie, servez-nous donc encore un peu de café voulez-vous ?

Une dizaine de minutes plus tard le pas lourd de Jules se fit entendre sur le gravier, bientôt suivi par d'autres plus légers. Annie se frotta les mains à son tablier et disparut pour aller ouvrir à son compagnon. Nanni fit reculer sa chaise et Charles bondit pour venir la pousser vers le grand hall. Emma les suivit, curieuse.

Annie repoussait la porte sous l'assaut de l'orage tandis que Jules et deux inconnus tentaient d'enlever l'eau de leurs vêtements autant que possible sur le paillasson. Voyant Nanni l'homme à tout faire enleva son chapeau par respect avant de parler.

\-   Excusez-moi Madame mais la voiture de ces personnes s'est embourbée à quelques centaines de mètres de la propriété, expliqua-t-il en se tournant vers les deux arrivants. Ils sont venus sonner pour demander de l'aide.

Le jeune couple revêtu de vêtements clairs et légers se tenait un peu en retrait. La jeune femme sembla gênée et garda le visage baissé, tout en essayant de camoufler sa poitrine et le reste de son corps qui se dévoilaient sous sa robe blanche et trempée. Son compagnon s'avanca et se présenta.

\-   Excusez-nous de vous déranger. Permettez-nous de nous présenter. Je suis Manuel Almeida et voici ma femme, Jocelyne Park, dit-il d'une voix douce avec un léger accent étranger.

Il portait beau. Pas très grand mais bien bâti, ses cheveux noirs ramenés en arrière dévoilaient un visage taillé au couteau. Des grands yeux noirs aux longs cils complètaient son aspect hispanique. Emma sentit son cœur accélérer quand leurs regards se croisèrent. Le sourcil droit de Manuel se souleva légèrement à la vue de la jeune fille debout derrière la dame en chaise roulante. Il esquissa un sourire puis s'empressa auprès de son épouse, lui prenant la main pour la dévoiler à leur hôtesse. Jocelyne garda un bras croisé sur la poitrine mais cela ne faisait qu'encore plus attirer l'attention sur elle.

Sa robe trempée collait à son très joli corps. Ses longs cheveux blonds ruisselaient dans son dos, et quand elle leva les yeux vers Nanni et les jumeaux Emma faillit crier de joie. Elle avait d'immenses yeux bleus, très très clairs. Ses traits délicats, sa bouche fine, ses joues rosées, elle était parfaite. Charles sentit l'excitation monter en lui et l'envie d'explorer la jeune inconnue le fit bander directement. Il se lécha les lèvres avec gourmandise.

- Bonjour, murmura-t-elle avec un accent anglais prononcé. Je suis désolée pour ma tenue…. Je …
- Mais ne vous excusez pas voyons ! rit Nanni en s'approchant doucement d'elle avec sa chaise. Vous n'y êtes pour rien c'est ce méchant orage qui est à blamer. Et puis vous êtes ravissante, ne soyez pas gênée. Annie, montrez donc à nos invités la salle de bains au premier étage. Vous y trouverez de quoi vous sécher un peu. Et rejoignez-nous ensuite dans le salon pour vous réchauffer avec un bon café. Charles, Emma, allez vite vous habiller mes enfants vous êtes toujours en habits de nuit !

Les jumeaux rougirent d'un coup puis se précipitèrent vers leurs chambres respectives sous les yeux amusés de Manuel. Jules toussota pour attirer l'attention de Nanni.

- Excusez-moi Madame mais je dois retourner m'occuper des voitures.
- Allez-y Jules. Quand nos invités se seront un peu remis et que la pluie se sera arrêtée nous nous occuperons d'appeler une dépanneuse, répondit la vieille dame en souriant au jeune couple qui passait devant elle précédé d'Annie.

Le chauffeur hocha la tête, remit son chapeau et se faufila sous la pluie en refermant la porte derrière lui. Un autre coup de tonnerre résonna sur le domaine. La vie fait bien les choses se dit la vieille dame en poussant son fauteuil vers le salon. Elle se dirigea vers le fond de la pièce ou se trouvaient de longs divans encerclant une cheminée éteinte.

Elle pouvait entendre Charles et Emma courir au-dessus d'elle dans de grands éclats de rire. Songeuse elle décida de prendre part à leur prochain projet. Ce jeune couple était tout bonnement délicieux. Elle se saisit d'un éventail posé sur la table de salon. L'orage restait au-dessus de la propriété et la pluie ne faiblissait pas. Ce couple allait entrer dans les plus jolies annales de leur histoire.

Emma termina de s'habiller avant de descendre rejoindre Charles pour le petit déjeuner. La pluie tombait toujours. Le temps allait sans doute rester semblable toute la journée, comme toujours dans la région. Vivement qu'ils déménagent pour une contrée plus clémente. Elle regarda sa montre. 09 :30.

Elle décida d'attendre 10 :00 pour appeler la chaîne de télévision au numéro indiqué lors de l'émission. Elle ne voulait pas envoyer d'email. Ce genre de communication la rebutait. Charles était le fou d'informatique. Elle… Elle préférait parler aux gens. Elle descendit péniblement les marches qui menaient à la cuisine, maudissant sa vieillesse.

Charles était penché sur une feuille et semblait très concentré quand elle se servit une tasse du précieux liquide. Elle se pencha sur son épaule et reconnut le plan de leur petite propriété. Il termina le contour de leur petit bois avant de se tourner vers elle, ses lunettes tombant sur son nez lui donnant l'aspect d'un vieux professeur. Elle l'embrassa sur la joue.

-	Tu as bien dormi ? demanda-t-elle en s'asseyant en face de lui.
-	Oui très bien. Comme toujours quand nous parlons de Florence. Elle parvient toujours à m'apaiser.
-	Tu prépares quoi ?
-	Un plan complet avec l'emplacement de tous nos projets. Il faut que j'essaie de les rassembler à un même endroit avant de m'en débarasser. Quel dommage que nous n'ayons pas un lac !
-	Nous ne sommes pas très loin de Verdun sur Doubs. Il y a suffisamment d'eau par là.

Son frère réfléchit en tapotant son menton de son stylo à billes.

-       Oui c'est vrai mais … ca ne va pas être très très discret de les transporter jusque là, finit-il par répondre.
-       On l'a déjà fait il y a deux ans tu te rappelles ? Et personne n'a jamais rien trouvé.
-       C'est vrai. On pourrait retenter le coup mais dans un coin encore plus isolé si c'est possible.
-       Amuse-toi sur l'ordinateur pour trouver l'endroit idéal, proposa-t-elle. Moi je vais appeler la télévision. Avec un peu de chance nous serons pris dans leur programme.
-       Je dois d'abord terminer la carte pour être sûr de n'oublier personne.
-       Ce serait dommage.

Avec un sourire Charles se replongea dans son plan. Emma elle but très lentement sa tasse de café tout en songeant au passé et à leur premier double projet. Nanni avait assuré ce jour-là …

Manuel ouvrit les yeux sur le plafond ouvragé de leur chambre. Il put voir le soleil passer entre les tentures de velours vert qui ornaient les hautes fenêtres. Nanni avait insisté la veille pour qu'ils restent avec eux le temps que leur voiture soit dépannée et que les deux pneus avant soient remplacés.

Jocelyne n'avait pas été très enthousiaste mais ils avaient été accueillis avec tellement de gentillesse qu'elle avait fini par accepter de rester quelques jours. Et lorsqu'ils avaient vu la chambre qui leur était réservée elle l'avait embrassé en riant, en lui disant que finalement leur lune de miel pouvait continuer dans ce décor magique. La chaleur était telle qu'ils s'étaient endormis au-dessus des draps frais.

Les jumeaux s'étant installés au premier étage les époux Valmeira pouvaient profiter de tout le second étage. Annie avait fait aérer la chambre et avait tout nettoyé de fond en comble avant leur installation. Jules leur avait apporté leurs valises discrètement avant de disparaître pour s'occuper de leur voiture. Ils s'étaient sentis accueillis comme des princes. Leurs hôtes leur avaient proposé un pique-nique aujourd'hui… c'était juste parfait.

Manuel se tourna vers sa femme, endormie, qui lui tournait le dos. Sa robe de nuit était remontée jusqu'à sa taille, dévoilant ses fesses parfaites. Il passa une main délicate sur ses rondeurs attirantes. Puis il se mit sur le côté pour se coller à elle. Excité, il plaça son sexe engorgé à l'entrée de l'anus de Jocelyne. Il cracha dans sa main pour lubrifier son passage puis poussa lentement pour la pénétrer avec douceur. Sa femme poussa un soupir sans se réveiller. Manuel commença des mouvements de va et vient très lents au départ. Puis il accéléra.

Jocelyne se réveilla sous l'assaut de son mari et voulut se retirer mais le bras de Manuel la maintint en place jusqu'à ce qu'il jouisse avec un grognement guttural. Les grands yeux bleus s'emplirent de larmes. Chaque matin elle subissait le même cérémonial. Quoi qu'elle fasse, endormie ou pas, la première chose qu'il faisait c'était l'enculer dès son réveil. Manuel resta en place, son sexe ramolli toujours posé contre la rondelle défoncée de la jeune femme. Il embrassa l'épaule de cette dernière avant de se lever et de s'étirer. Il y avait été doucement cette fois-ci. Elle se laissa aller sur son dos et regarda Manuel ouvrir les lourdes tentures pour laisser entrer le soleil.

A part cette étrange manie il était tellement doux et prévenant, et beau aussi. Et même si elle n'aimait pas se faire sodomiser chaque matin elle lui pardonnait. Et cela durerait sans doute jusqu'à la fin de ses jours.

Elle rabaissa sa chemise de nuit avant de se lever pour rejoindre son mari à la fenêtre. Cette dernière donnait sur le lac qui brillait sous le soleil d'été. Elle l'enlaca par derrière et posa sa joue sur son épaule. Manuel posa ses mains sur ses avant-bras couverts de taches de rousseur.

-       Quel splendide endroit, murmura-t-elle oubliant déjà la douleur un peu sourde dans le bas de son dos.

-       En effet. Cet orage a été une vraie bénédiction finalement. Tout semble tellement pur ce matin.
-       C'est vrai. Comment allons-nous pouvoir remercier nos hôtes ?
-       Je trouverai quelque chose.

Ils restèrent silencieux ensuite, plongés dans la contemplation du paysage.

****

Penché sur la serrure, l'œil attentif de Charles ne perdait pas un seul de leurs gestes. Il vit les larmes de Jocelyne alors que son mari s'affairait derrière elle, il entendit le grognement satisfait de Manuel. Décidément ils promettaient d'être d'excellents projets tous les deux.

Il entendit le pas léger d'Emma sur le tapis du couloir. Silencieuse comme un chat elle le rejoignit toute en sourire.

-       Que font-ils ? murmura-t-elle
-       Là ils regardent par la fenêtre, vers le lac… ils viennent de faire l'amour. Enfin lui surtout.
-       Lui ?
-       Elle n'a pas eu l'air d'aimer ca.

Emma étouffa son rire dans son poing. Elle frappa Charles sur l'épaule.

-       Idiot ! Viens ! Allons rejoindre Nanni pour le petit déjeuner, chuchota-t-elle. On doit parler de notre plan d'attaque.
-       Comme tu y vas !
-       Yes ! Et toi aussi haha.

Ils s'éloignèrent à pas de loup de la chambre des jeunes époux.

Ils avaient pris la peine de s'habiller pour descendre prendre leur petit déjeuner, en égard à leurs visiteurs. Et surtout car Nanni leur avait expressément demandé la veille d'être prêts. Ils allaient partir en excursion avec les Almeida et cela promettait d'être amusant.

Quand ils entrèrent dans la salle à manger dressée pour leurs invités, Annie déposait deux paniers remplis de pain doré sur la table. Elle sourit en regardant Charles s'emparer de deux morceaux. Décidément cet enfant dévorait comme un loup. Il lui sembla d'ailleurs qu'il se renforcait, ce qui lui fit intimement plaisir.

Les fenêtres étaient grandes ouvertes sur la fraîcheur de ce début de journée. Nanni les attendait, assise confortablement dans sa chaise, ses mains couvertes de dentelle jaune aujourd'hui.

-	Alors comment vont nos nouveaux amis ? demanda-t-elle.
-	Ils sont levés. Bien levés, pouffa Charles avant de se concentrer sur le beurrage de son morceau de pain.
-	Tiens donc… Jeunes et vigoureux donc ! sourit la vieille dame en buvant une gorgée de son café.
-	Comment allons-nous nous y prendre Nanni ? demanda Emma.
-	Il faut parfois varier les plaisirs. Et les terrains de jeu. Je vais vous emmener sur la Loire. Dans les ruines d'une ancienne demeure que l'on dit hantée.
-	Par qui ? marmonna Charles entre deux bouchées.
-	Oh on parle d'une femme trompée qui aurait mis le feu à la maison en question avant de se tuer ainsi que ses enfants. Quoi qu'il en soit les ruines sont magnifiques et il y a une cave en excellent état que Jules a organisée selon mes directives. Vous allez voir c'est splendide et très pratique, ajouta-t-elle en reposant sa tasse de café.
-	C'est loin d'ici ? demanda Emma d'une voix enthousiaste.

-        Non pas trop. Avec ma chaise nous allons de toute façon avoir besoin de la voiture. Mais silence à présent. Nos amis ne vont pas tarder à nous rejoindre. Profitez de votre petit déjeuner nous n'aurons pas trop le temps de manger durant la journée.

Une petite heure plus tard, Jules les attendait devant la porte. Non avec la vieille Citroën mais avec une grosse américaine, suffisamment large pour les transporter tous les 6 avec aisance.

Charles se promit de demander à Nanni comment ils étaient entrés en possession d'une telle voiture. La vieille dame fut installée à l'avant, les quatre jeunes gens se coincèrent sur le siège arrière à grands coups d'éclats de rire.

La journée était magnifique. Le couple Almeida décida de profiter du moment présent et de leur chance. Ils arrivèrent rapidement à Amboise, et Jocelyne se demanda s'ils allaient s'arrêter pour visiter le château mais Nanni secoua la tête en leur racontant l'histoire des ruines hantées.

La jeune Anglaise sentit un peu d'appréhension lui monter à la gorge mais le sourire radieux de Manuel la rassura. Elle se raisonna. Après tout que pouvait-il arriver en présence d'une vieille dame et deux enfants ?

Jules prit un chemin de terre qui s'enfonçait sous un proche de verdure. Le soleil traversait le feuillage, créant une mosaïque de lumière dorée sur leur passage. Il freina avec douceur au pied des ruines. Le lierre avait envahi ce qui restait d'une petite maison à un étage. Un puit où était toujours accroché un seau donnait à l'ensemble un air bucolique avec les fleurs blanches d'une glycine qui en avait pris possession. Les oiseaux chantaient autour d'eux. L'endroit semblait magique.

-        On se croirait devant la maison de Blanche-Neige ! rit Emma en sortant de la voiture la première.
-        Mais ca fait longtemps qu'elle a quitté les lieux ! lui répondit Charles en la rejoignant.

-      Ou pas … répondit Nanni.

Ils se mirent à rire tous les trois tandis que Jules sortait la chaise roulante du coffre et que le jeune couple descendait de la voiture, les yeux écarquillés devant la beauté du lieu. Jules installa Nanni dans sa chaise puis se saisit de deux grands paniers qui avaient été préparés et posés par Annie dans le coffre.

La journée était vraiment magnifique. Nanni indiqua l'ombre d'un saule pleureur pour y déposer le pique-nique à Jules pendant que les jumeaux partaient en exploration et que le jeune couple s'embrassait à l'ombre du puit.

-      Une bien belle journée n'est-ce pas Jules ? dit la vieille dame en respirant l'air parfumé.
-      En effet madame. Quand souhaitez-vous commencer ?
-      Oh laissons les jeunes mariés profiter de leurs derniers instants ensemble. Nous avons le temps. Ou sont donc partis les enfants ?
-      Ils sont partis explorer les ruines madame.
-      Vous leur avez donné la clé pour les caves ?
-      Certainement.
-      Parfait. Servez-nous donc un verre de vin Jules. Jocelyne, Manuel, joignez-vous à nous !!

Les deux jeunes gens vinrent s'asseoir sur la couverture étalée sous le saule centenaire. Ils formaient vraiment un joli couple. Nanni but une petite gorgée du vin blanc servi par Jules. Un vrai tableau champêtre se dit-elle en riant à une plaisanterie de Manuel. Totalement innocent. Estival. Digne d'être immortalisé sur une toile de maître.

*****

Emma agrippa la main de Charles alors qu'ils passaient par-dessous la glycine qui camouflait l'entrée. Elle pouvait entendre le rire de Nanni et la voix chantante de Manuel. La situation l'excita au plus haut point. Son frère lui serra les doigts. Lui aussi ressentit l'importance de cette journée. Cette fois le projet allait se faire en famille.

En famille !

Il en aurait sauté de joie. Ils explorèrent les restes de la maison, passant de la pièce sans doute principale de l'époque ou tronait encore une cheminée dans une autre plus petite ou apparaissaient encore les premières marches de pierre qui menaient au premier étage aujourd'hui disparu.

Le soleil passait difficilement à travers le feuillage, parsemant le sol de ronds de lumière suffisants cependant pour guider leurs pas. Ils trouvèrent rapidement l'unique porte encore debout dans le fond des ruines. Emma se saisit de la clé remise discrètement par Jules et la passa dans la serrure avant de la pousser.

Un escalier de bois flambant neuf descendait sous leurs yeux. Charles se demanda pourquoi en bois et se promit de demander la raison à sa grand-mère.

-       En bois evidemment … murmura sa sœur. Plus facile pour le faire disparaître si nécessaire.
-       Evidemment, ronchonna-t-il.
-       Ca va Charles ?
-       Très bien. Je me posais justement la question c'est tout, Allez viens descendons !
-       On a besoin d'une lampe de poche.
-       J'ai !

Il sortit la lampe qu'il avait soigneusement camouflée sous sa veste de lin clair et l'alluma avant de la tourner vers l'escalier.

-       Après vous Madame, dit-il en saluant Emma d'un geste du bras.
-       Merci Monsieur.

L'OMBRE LUMINEUSE

Ils entendirent Jocelyne rire à gorge déployée avant de
s'enfoncer dans le ventre souterrain des ruines. Après avoir
descendu quelques marches ils furent surpris par le silence. Plus
aucun bruit ne leur parvenait de l'extérieur alors que la porte
était restée ouverte derrière, encadrant le jour derrière eux. Jules
avait abattu un travail admirable et totalement isolé le sous-sol.
Ils arrivèrent en bas des marches et s'arrétêrent un court instant
le temps de chercher et de trouver un interrupteur flambant
neuf. Charles l'enclencha et plusieurs ampoules s'allumèrent,
éclairant un long couloir qui s'étala devant et le long duquel
s'ouvraient plusieurs portes.

Elles semblaient faites de bois tout comme l'escalier et elles
portaient toutes un judas grillagé.
Ils avancèrent lentement.

La première porte à droite était grande ouverte sur une sorte de
cabinet administratif. Plusieurs étagères décoraient les murs, un
large bureau en bois trônait au centre de la pièce. Une chaise
roulante était rangée soigneusement dans un coin. Quelques
carnets de notes, quelques crayons et un grand tableau accroché
au mur complétaient le décor.

Ils continuèrent leur exploration.

Derrière les autres portes ils purent deviner des cellules. Toutes
contenaient des instruments toujours faits en bois, à part
quelques couteaux. Un lit d'une personne ornait chaque
chambre. Enfin, tout au fond du couloir se dressait ce qui
ressemblait à un immense tonneau.

Ils s'approchèrent pour regarder de plus près et constatèrent qu'il
y avait deux petites ouvertures vitrées situées au niveau des yeux
qui permettaient de regarder à l'intérieur. Charles se pencha et
posa un œil contre le verre. La lumière du jour pénétrait dans
l'immense tonneau par le haut. Une réserve d'eau ! Il se promit
d'aller voir ou donnait l'ouverture de la cuve en bois dès leur

83

sortie. Il allait se retirer quand Emma fit un bond à ses côtés avant d'éclater de rire.

-       Quoi ? lui lanca-t-il.
-       Attends il arrive vers toi.
-       Il arrive vers … oh…

Le visage en décomposition d'un homme depuis longtemps submergé passa devant lui. Il ne restait plus grand-chose du cadavre. La tête tenait encore au tronc par ce qui restait de la colonne vertébrale, tronc dont les jambes semblaient avoir été soigneusement découpées. Les bras gonflés comme des baudruches faisaient tourner ce qui restait du corps avec lenteur. Charles les regarda fasciné.

Il apercut alors une chevalière qui enserrait le petit doigt de la main gauche et la reconnut. Le cadavre dans la cuve n'était autre que celui de l'homme qui avait trahi Nanni et qu'il avait pu voir à la soirée organisée en leur honneur alors qu'il poussait la chaise de la vieille dame avec déférence.

-       Nanni a vraiment une installation extraordinaire tu ne trouves pas ? dit Emma qui était retournée vers l'escalier.
-       Oui … murmura-t-il en se détachant à regret de la petite vitre.
-       Rejoignons les autres je commence à avoir soif.
-       Moi aussi !

Ils remontèrent l'escalier en courant, prenant bien soin de refermer la porte de la cave à double tour avant de sortir des ruines. Le soleil brillait toujours au-dessus d'eux et se reflétait dans la Loire qui coulait paisiblement au bout du jardin revenu à l'état sauvage de la maison.

Ils n'entendaient plus rien. Les rires semblaient s'être éteints.

Sous le grand saule Nanni parlait à voix basse avec Jules, son verre de vin à la main, paisiblement. Alors qu'ils s'approchaient d'eux les jumeaux apercurent alors les Almeida allongés sur la couverture, Jocelyne couchée sur Manuel. Tous les deux profondément endormis, les restes du pique-nique étalés autour d'eux commencaient à attirer les fourmis.

Leur grand-mère leur fit signe de la rejoindre tandis que Jules étalait une autre couverture pour eux et leur servait à boire et très légèrement à manger depuis le panier posé au pied de la chaise de Nanni.

-       Voyez ils dorment comme des bébés. Annie a préparé ce panier-ci pour vous. Nous ne voudrions pas vous voir dormir surtout maintenant ! expliqua Jules.

Emma et Charles s'installèrent au pied de Nanni. Au moment de se saisir d'un morceau de poulet la jeune fille fut frissonna sans raison aucune. Ses yeux bleus croisèrent ceux de sa grand-mère, rieurs. Emma lui sourit et mordilla la cuisse souple de la volaille mais une graine de doute venait de se planter sous ses cheveux dorés.

Après tout rien ne pouvait empêcher Nanni de leur faire subir le même sort que leurs invités. Un peu de somnifère dissimulé dans les victuailles et ils pouvaient aussi bien se retrouver dans l'une des cellules souterraines qu'ils avaient apercues, cachés de tous.

Charles quant à lui mordait à pleines dents dans un sandwich au jambon et riait avec Jules qui venait de faire pareil. Elle se sentit très seule durant quelques secondes. L'estomac noué elle continua à grignoter son poulet tout en regardant Nanni terminer son verre de vin. Une ombre venait de se placer sur la nouvelle vie qui lui avait semblée si parfaite.

Et elle sentait que ce sombre sentiment ne partirait que difficilement. Ou alors au prix de la mort de quelqu'un.

\-   Bonjour vous êtes bien en contact avec Mathieu Legrand pour l'émission Une Nouvelle Vie Une Nouvelle Propriété. Laissez-nous vos coordonnées et nous vous rappellerons dans les plus brefs délais. N'hésitez pas !!

Emma leva les yeux au ciel et laissa leurs coordonnées comme demandé. Puis elle raccrocha enfin le combiné. Elle avait passé près d'une heure à être trimballée d'un poste à l'autre mais au moins elle avait réussi à atteindre l'un des promoteurs de l'émission. Il ne leur restait plus qu'à attendre, en espérant que son message intéresse les promoteurs en question. Avec un soupir elle commenca a faire son ménage.

Ensuite elle monterait à son tour dans le grenier pour s'occuper de leur projet en cours.

Charles lui avait confirmé qu'elle avait très bien passé la nuit. Les bras également avait-il ajouté avec un petit rire. Il lui avait demandé de terminer son œuvre aujourd'hui étant donné qu'il comptait démarrer le nettoyage dès le lendemain à la première heure.

Il semblait avoir totalement accepté de quitter leur vieille maison. Emma passa une main sur le mur à sa droite. Vieille maison oui … mais aussi refuge, tanière, tombe … Ces pierres en avaient tellement vu, fidèles complices aveugles et muets.

Manuel ne voulait pas ouvrir les yeux. Il dormait tellement bien. La dernière image de Jocelyne l'embrassant avant qu'il ne tombe endormi avait été si agréable qu'il ne souhaitait pas la voir disparaître au profit d'une autre. Mais un frisson le secoua brutalement, le faisant réaliser qu'il avait froid.

Il ouvrit les yeux lentement. Le ciel d'été n'existait plus au-dessus de lui. Il regardait un plafond gris, au centre duquel brillait une minuscule ampoule, laissant la pièce dans la pénombre. Il ne comprit pas tout de suite. Lorsqu'il s'était

endormi les bruits de l'été l'avaient bercé. La chaleur de
Jocelyne allongée sur lui, son parfum, la douceur du moment …
Il se redressa, choqué.

Il était entièrement nu et allongé sur un lit étroit en bois. Il se
rendit vite compte qu'il se trouvait dans une sorte de cellule sans
aucun fenêtre. Avec pour seule lumière la minuscule ampoule
accrochée au plafond. Collée contre l'autre mur, une table en
bois, au-dessus pendus au mur toute une série d'instruments
divers, à droite une chaise avec des liens en cuir prêts à être
utilisés. Il bondit sur ses pieds, les yeux écarquillés et se
précipita vers la porte en bois.

-       Ouvrez-moi !! Ouvrez-moi !! hurla-t-il.

Il hurla et frappa la porte jusqu'à ce que ses poings fussent en
sang. Le bois de la porte n'était même pas entamé mais il put
sentir les échardes qui s'étaient faufilées sous sa peau. Il tenta
d'arracher le judas mais sans succès. Il avait froid, il avait peur,
il finit par s'écrouler contre la porte, en pleurs. Il sanglota
quelques minutes. Le visage de Jocelyne apparut devant ses
yeux. Il se redressa et recommença à frapper la porte.

-       Ouvrez-moi !! Jocelyne !! Jocelyne !!

Charles regarda Emma et secoua la tête avant de se pencher sur
la jeune Anglaise, attachée à la table et bâillonnée. Réveillée
depuis peu, elle pleurait sans bruit, sans gémissement. Il passa la
main sur ses petits seins et s'émerveilla de leur différence par
rappport à ceux de Florence. Il s'amusa à lui pincer un têton
puis un autre. Jocelyne eut un petit cri étouffé par le bâillon.

Il continua son jeu pendant quelques minutes. Jusqu'à ce
qu'Emma le pousse de côté.

-       Arrête un peu. Tu vas finir par les lui arracher !
-       Ah oui c'est une idée.

Les yeux bleus de leur victime se tournèrent vers Emma, pleins d'espoir. Mais celle-ci secoua la tête négativement. Lorsque Charles poussa un doigt dans son anus Jocelyne hurla sous l'assaut. Mais aucun son ne sortit de sous son bâillon fortement serré. Un second doigt rejoignit le premier puis un troisième. Elle ferma les yeux, pensa à Manuel, à ce matin même. Quand le quatrième doigt entra elle revit le lac sur lequel le soleil dansait. Si seulement elle pouvait s'évanouir …

Emma posa la main sur l'avant-bras de Charles.

-     Ca suffit. Tu m'ennuies. Si tu veux la prendre, fais-le.
-     Sur la table ?
-     Par terre, sur le lit, je m'en moque mais finissons-en.
N'oublie pas que nous avons encore son mari !

Charles acquiesca et monta sur la table. Il fit plier les jambes de l'Anglaise dont les liens étaient suffisamment lâches pour le lui permettre. Il se déboutonna et sortit son sexe engorgé. D'un mouvement de hanche il sodomisa Jocelyne d'un seul coup, à sec. Cette dernière jeta la tête en arrière, horrifiée par ce qui lui arrivait, déchirée.

Emma s'appuya contre le mur et le regarda faire. Elle n'éprouvait rien. Aucune envie particulière alors qu'il s'agitait au-dessus de l'Anglaise. Machinalement elle compta les coups de hanches de son frère. Quand il accéléra elle sut qu'il allait jouir. Elle se retint pour ne pas soupirer.

Un grognement sortit de la gorge du jeune homme alors qu'il atteignait l'orgasme. Il se retira sans tarder et sauta par terre avant de se reboutonner. Un peu de sang coulait d'entre les fesses de Jocelyne. Il en prit un peu sur son doigt en regardant sa victime avec amusement.

—   Elle n'aime vraiment pas ca. Par contre moi ca m'éclate. Je comprends Manuel. C'est beaucoup plus serré qu'un vagin tu sais… murmura-t-il en regardant le visage extrêmement pâle de Jocelyne.

-        Fascinant. Bon tu commences ? Je vais rejoindre Nanni et Jules. J'ai soif. Je me demande si il y a encore du vin ! lanca-t-elle depuis le couloir.

Charles caressa les longs cheveux de la jeune Anglaise durant quelques secondes.

-        Oh et toi ferma-la !! entendit-il crier Emma vers Manuel en passant devant sa cellule sur sa route pour rejoindre leur grand-mère.

-        Vous êtes très belle vous savez, murmura-t-il en se penchant sur le visage de sa victime. Un vrai teint de porcelaine. Comme une poupée.

Jocelyne secoua la tête. Elle avait mal, elle avait froid et surtout, surtout, les yeux glacés de son tortionnaire la terrorrisaient. Elle entendit encore les cris et les coups de poing de Manuel sur la porte de sa cellule. Mais ils se faisaient de plus en plus rares. Il devait être épuisé.

Elle sentit ses larmes couler le long de ses tempes tandis que Charles regardait les ustensiles pendus devant lui sur le mur. Il tapota sa lèvre inférieure de son index, songeur.

*****

Emma entra dans le bureau. Nanni était penchée sur l'un des carnets de notes qui ornaient la surface du large meuble au centre de la pièce. Jules n'était pas visible. Elle s'assit sur un coin du bureau et tendit la main vers l'un des carnets. La main gantée de dentelles agrippa son poignet. Sous son chignon blanc sa grand-mère était d'une vivacité à toute épreuve et ses doigts possédaient une force surprenante pour une femme âgée.

-        Je t'expliquerai un jour comment tout ceci fonctionne mais pour le moment profite de ta jeunesse, ma chérie. Va donc trouver Jules pour qu'il nous apporte un peu de vin. Il est à l'extérieur en train de ranger le pique-nique, sourit-elle en lâchant le bras d'Emma avec une petite tape amicale.

Cette dernière quitta la pièce en jetant un regard vers la tête blanche penchée à nouveau sur ses notes. Elle possédait donc des ressources incroyables malgré son grand âge. Emma nota ce détail dans un coin de sa mémoire, là où elle enregistrait tous les renseignements concernant sa grand-mère. Cela pouvait toujours servir.

Charles éternua violemment en ouvrant la porte de la remise au fond du jardin. La poussière voleta autour de lui, s'échappant de l'intérieur. Il attendit quelques secondes avant d'y pénétrer. Un grand sourire illumina le visage du vieil homme. Elle était toujours là.

Grande, puissante, solide et rassurante.

La broyeuse. Il avança de quelques pas et caressa doucement les flancs métalliques de la machine. Il ne l'avait plus utilisée depuis un bon moment. L'âge venant il lui était plus facile d'enterrer les corps plutôt que de les passer entre les lames de sa vieille amie.

Mais aujourd'hui elle allait reprendre ses activités. Il en fit le tour. Elle semblait ne pas avoir souffert de ses quelques mois d'isolement. Emma avait insisté pour qu'il la nettoie avant de la ranger et aujourd'hui il en était content. Il ne devrait plus gratter les traces des broyages passés comme il avait souvent dû le faire auparavant.

Un bon jet d'eau après chaque passage et le sang serait vite nettoyé. Pour autant qu'il le fasse immédiatement après son ouvrage. Il accrocha la grosse corde qu'il avait amenée à l'attache-remorque et tira l'autre extrémité jusqu'au tracteur.

L'OMBRE LUMINEUSE

La tirer vers l'extérieur ne prit que quelques minutes avec le petit tracteur joyeusement peint en jaune. Toujours dans son idée d'être organisé Charles le rangea dans la remise dès la broyeuse sortie et s'occupa ensuite de tester la mise en route de la lourde machine.

Installée confortablement sous le portique branlant de leur maison Emma le regarda s'activer avec une joie non dissimulée. Son frère remontrait de l'enhtousiasme et de la force depuis leur décision de vendre la maison et de déménager. Il semblait même prendre plaisir à tout arranger pour effacer les traces de leurs différents projets. Le soleil brillait aujourd'hui, baignant la scène dans une ambiance bon enfant, juste un vieil homme qui allait se débarasser de déchets encombrants.

Bois ou os finalement quelle différence ?

Avec un sourire elle reprit son ouvrage de tapisserie.

Quand le téléphone résonna au fond de la maison elle sursauta lgèrement, déposa son ouvrage et entra pour répondre à leur correspondant.

Charles suspendit son geste alors qu'il s'apprêtait à rajouter du pétrole dans la machine. Il pouvait entendre la voix d'Emma mais sans discerner les paroles. Il se remit à l'ouvrage, curieux mais philosophe. Sa sœur viendrait bien le prévenir si cela en valait la peine. Tout en remplissant le réservoir de la machine il se reprit à penser à la première fois ou il avait utilisé la broyeuse. Pas celle-ci. Une autre bien moins sophistiquée.

Manuel resta écroulé contre la porte durant ce qui lui sembla des heures. Il n'entendait plus rien. Plus aucun rire de leurs tortionnaires, plus aucun gémissement de Jocelyne, plus un seul bruit. Seule la lumière toujours branchée lui rappelait qu'il n'avait pas été juste oublié. Il tendit l'oreille pour entendre ne fut-ce qu'un bruit de pas mais rien. Silence. Il s'aida de l'épaisse porte de bois pour se relever. Ses jambes tremblèrent alors qu'il retournait vers le lit. Il se laissa tomber dessus, ses mains agrippant ses cheveux et tirant dessus avec désespoir. Il remarqua alors que les ongles de ses pieds prenaient une couleur bleutée. Il avait froid.

Il retira l'unique couverture du lit et s'emmitoufla dessous autant que possible. Il se recroquevilla sur le lit, essayant d'ignorer son ventre qui lui réclamait de la nourriture qu'il ne pouvait pas lui donner. Il ferma les yeux et s'endormit.

De l'autre côté de la porte Emma fit glisser le judas avec délicatesse et regarda à l'intérieur de la cellule. Leur convive s'était finalement résigné à revenir sur le lit. Elle le vit fermer les yeux et entendit son souffle se transformer alors qu'il s'endormait.

Elle referma le judas avec un sourire. Il était enfin calmé. Elle tourna le dos à la cellule et retourna voir son frère. Quand elle poussa la porte elle fit un bond de côté pour éviter le sang qui s'écoulait lentement pour passer dans le couloir. Charles lui tournait le dos, concentré sur Jocelyne. Elle s'approcha et regarda par-dessus son épaule.

A sa grande surprise la jeune femme ne portait plus de bâillon.

Le premier bras soigneusement détaché reposait juste à côté de la jeune femme. Charles était en pleine opération pour le sevrage du second. Il avait cautérisé la première plaie avec beaucoup de soin. Mais le sang coulait toujours du membre coupé et causait ainsi l'inondation.

Ils allaient devoir trouver une solution pour éviter ce gâchis la prochaine fois. Jules pourrait sans nulle doute rajouter une sorte de gouttière pour éviter ce genre d'inconvénient.

Elle pataugeait dans le liquide sombre et elle n'aimait pas trop ca. Ses jolies chaussures claires n'allaient pas s'en remettre. Se détournant de ses pieds Emma regarda travailler son frère avec fierté. Il possédait vraiment un talent inné pour découper les corps. Délicat et puissant à la fois. Son regard se posa sur le visage terriblement pâle de l'Anglaise. Les yeux bleus clairs se tournèrent alors vers elle. Emma se mit à applaudir.

- Elle est toujours consciente ! C'est magnifique Charles, magnifique !
- Je me suis dit que ce serait plus amusant pour toi … tu sais … pour le reste ? J'ai demandé à Nanni si elle possédait une sorte de médicament. Elle m'a remis une piqûre avec un anesthésiant. Ca m'a permis d'endormir et de couper son bras en la gardant vivace. Elle n'a rien senti. Je viens de faire pareil pour le second bras. Mais comme elle l'a un peu bougé quand tu es entrée je pense que ce bras-là ne dort pas encore. Je préfère attendre encore quelques minutes.
- Jocelyne vous êtes notre premier projet à survivre aussi longtemps, ajouta-t-elle en se penchant vers leur victime. Vous pouvez être fière vous savez.
- Please… please… chuchota la jeune Anglaise.

Emma posa une main sur les cheveux blonds et les caressa avec douceur. Elle se mit à lui chanter une berceuse d'une voix calme. Elle arrivait au dernier couplet quand Charles abaissa sa hache d'un seul coup, tranchant net le second bras de Jocelyne. Cette dernière ne quitta pas Emma des yeux. Charles s'affaira pour cautériser la plaie. Il commenca par la carotide puis se mit à coudre des petits points bien réguliers, tout en nettoyant régulièrement la blessure.

- Tu deviens un vrai chirurgien, rit sa jumelle tout en continuant gentiment à caresser les cheveux de la victime.
- Nanny m'a montré comment faire.
- Quand ?
- Une nuit ou nous souffrions tous les deux d'insomnie.
- Tu ne m'as jamais dit que tu ne parvenais pas à dormir.

-        Non c'est vrai. Tu m'en veux ? rougit Charles
-        Non pas vraiment.

Jocelyne les regarda avec incrédulité. Elle entendait tout mais ne sentait plus rien. Elle se refusa à regarder son épaule couverte d'un épais bandage, ne voulait meme pas envisager le fait qu'elle n'avait plus ses deux bras. La seule chose qu'elle réussissait encore à faire était de regarder ces deux monstres discutant comme si de rien n'était. Comme si elle n'était plus là. Comme si elle n'existait déjà plus. La main d'Emma avait un effet soporifique. Elle sentit ses yeux se fermer. Elle aurait voulu s'endormir pour ne plus jamais se réveiller.

Une petite claque sur sa cuisse lui fit rouvrir les yeux. Charles se penchait sur elle, son souffle sur sa bouche, ses mains tenant les deux bras qu'elle se refusait à identifier comme les siens. Posant ses trophées il l'embrassa doucement sur les lèvres avant de la lècher jusqu'à son bas-ventre. Il se redressa et posa une main juste au-dessus de son clitoris. Il l'effleura avec son petit doigt et elle ne put empêcher son corps de réagir. Ses hanches se soulevèrent de la table malgré elle. Ca l'amusa. Il recommenca plusieurs fois, fasciné. Emma lui donna une tape sur la tête pour le distraire.

-        C'est à mon tour Charles. Va donc plutôt voir avec Nanny si on s'occupe de Manuel aujourd'hui encore. Il commence à faire tard.
-        Très bien. On pourrait revenir demain… proposa Charles les yeux étincelants.
-        A voir avec Nanny. Tu sais bien que c'est elle qui …

Emma s'interrompit en constatant que Jocelyne pouvait très bien entendre leur conversation. Elle posa à nouveau la main sur la tête de la jeune Anglaise et se tourna vers son frère.

-        L'anesthésiant devrait arrêter de faire effet quand ?

Charles jeta un œil sur sa montre.

-       Dans une demi-heure. Elle devrait sans doute
commencer à sentir quelque chose dans une dizaine de
minutes. Mais elle ne peut plus vraiment se débattre.
-       Bien. Ca me donne le temps de retirer ses globes avant
qu'elle ne perde connaissance sous la douleur.

Jocelyne hurla quand la main d'Emma se fit plus dure pour
empêcher sa tête de bouger.

*****

Manuel se redressa comme piqué au cœur. Haletant il tendit
l'oreille. L'ampoule brillait toujours. Il était incapable de savoir
combien de temps s'était écoulé depuis qu'il s'était endormi. Il
mit une main sur son cœur qui battait à tout rompre. Il regarda
autour de lui. Rien n'avait bougé. Il avait toujours faim mais
c'était devenu une sorte de souvenir sourd au fond de son
ventre. Il allait tenter de se recoucher et de se rendormir quand il
entendit hurler Jocelyne. Il bondit à nouveau pour tambouriner
contre la porte.

Charles poussa un soupir en passant devant la porte de la
cellule. Il détestait le bruit.

Emma interrompit son geste, la cuillère ensanglantée par le
premier œil au-dessus de Jocelyne. Cette dernière reprit ses
hurlements, un œil vidé déjà mais toujours affreusement
consciente.

-       Ton mari est vraiment bruyant. On va devoir faire
quelque chose ca devient lassant, lui sourit Emma en plantant
d'un seul coup la cuillère derrière le globe occulaire restant de
l'Anglaise.

D'un geste court elle retira le seconde œil merveilleusement bleu
du crâne de Jocelyne qui continua à hurler, perdue dans une nuit
éternelle… Elle entendit la voix de Manuel dans le lointain. La

douleur dans son crâne devenait insoutenable. Elle commencait à sentir ses épaules la brûler.

-        Bien tu nous auras beaucoup amusés Jocelyne, murmura Emma juste à côté de son oreille. Mais là il est temps pour toi de nous quitter. Tu n'as plus rien à nous offrir.

La jeune fille se redressa et se saisit d'un des couteaux élimés avec beaucoup d'attention par Jules. Elle se placa derrière la tête de Jocelyne et d'un geste trancha la gorge de la jeune Anglaise. Les hurlements s'interrompirent d'un seul coup. Le gargouillis du sang qui sortait de la plaie les remplaca. Emma regarda par terre. Oui décidément ils allaient devoir trouver une solution pour récupérer tout ce liquide qui inondait le sol et glissait sousde la porte.

*****

Dans sa cellule Manuel arrêta de tambouriner quand les hurlements cessèrent d'un seul coup. Il se mit à pleurer. Cela ne pouvait signifier qu'une seule chose. Il recula d'un pas ou deux, les yeux fixés sur le bas de la porte. Un liquide épais passait lentement par-dessous, arrivait près de ses pieds…

Avec horreur il comprit qu'il s'agissait du sang de sa femme. Apeuré il grimpa sur le lit et fasciné malgré lui vit le sang prendre possession du sol de sa cellule, s'infiltrant dans le sol de terre.

*****

Charles frappa à la porte du bureau de Nanni. Cette dernière lui dit d'entrer. Elle était penchée sur ce qui ressemblait à des factures, Jules à ses côtés en train de visiblement effectuer l'entretien de la chaise roulante.

Nanni leva les yeux sur son petit-fils et sourit en voyant ce qu'il tenait dans les mains. Jules se leva et lui tendit deux sacs avant

de sortir pour aller nettoyer la cellule. Charles emballa
soigneusement ses seconds trophés sous les yeux de la vieille
dame qui s'était arrêtée de travailler pour le regarder faire.

-        Tu t'y es tres bien pris cette fois-ci. La coupure est bien
nette. Tu as suivi mes conseils ?
-        Oui c'était beaucoup plus facile qu'à la scie !! sourit –il
en refermant le second sac.
-        Bien bien. Tout dépendra évidemment de la force que tu
mets dans le coup de hache.
-        Emma voudrait savoir si on s'occupe encore de Manuel
ce soir ou si il peut attendre demain.
-        Je pense que nous reviendrons demain. Il aura passé une
nuit entière seul dans le noir. Vous verrez comme il se sera
transformé en une nuit. C'est tout bonnement fascinant. Ta
sœur termine Jocelyne ?
-        Oui oui. Elle a dû lui trancher la gorge je n'ai plus
entendu que des gargouillements quand je suis passé devant la
cellule de Manuel. Et le sang entrait sous sa porte d'ailleurs.
-        Encore mieux, murmura Nanny en rangeant ses papiers.
-        Comment allons-nous nous débarasser de Jocelyne ? La
cuve ?
-        Ah non mon garcon. Demain nous allons utiliser la
broyeuse.

Charles se redressa, soudain intéressé.

-        Une broyeuse ?
-        La cuve ne sert que pour les cas exceptionnels,
personnels… Pour les projets plus … neutres nous avons la
broyeuse, sourit Nanny. Appelle ta sœur, il est temps de rentrer.

Le jeune homme acquiesca, pressé d'être au lendemain.

*****

Manuel entendit des voix dans le couloir devant sa cellule. Il
n'osa pas retourner vers la porte, le sang coagulait encore sur le

sol. Il tenta d'appeler mais sa gorge en feu ne rendit qu'un son rauque.

-        A demain !! s'exclama Emma en tapotant sur la porte en passant.
-        Dormez bien ! rajouta Charles.

Deux minutes plus tard l'unique ampoule de sa prison s'éteignit, le laissant dans l'obscurité la plus totale, avec l'odeur du sang de Jocelyne comme seule compagne. Il se recroquevilla sous sa couverture sans même se rendre compte qu'il gémissait à présent sans interruption.

La foudre fit trembler le bâtiment principal de la chaîne de télévision nationale. Le ciel chargé pesait sur les alentours, donnant au lieu une atmosphère apocalyptique.

Jeanne arrêta le moteur de sa toute nouvelle voiture et jeta un œil vers les nuages. La pluie commenca à tomber. Elle aurait pu arriver à la porte d'entrée si elle avait couru. Avec un sourire en coin, elle mit la radio plus fort et entendit bientôt les gouttes frapper le toit de sa voiture. Courir ne faisait pas partie de son vocabulaire.

Même lorsqu'elle se deplacait a la salle de sport elle evitait le tapis roulant comme la peste. Pour elle l'Homme avait inventé d'autres moyens de se deplacer que courir. Et les utiliser était une question de respect pour les ancêtres après tout.

Le tonnerre roulait au-dessus du parking. Des éclairs déchirèrent la voûte céleste et la pluie redoubla d'intensité. Philosophe elle remit la radio et se mit à tapoter le volant au rythme du morceau qui passait. Songeuse, elle regardait son pare-brise inondé qui ne laissait plus voir qu'un reflet déformé du bâtiment de la télévision. Sur le siège passager se trouvait les quatre dossiers retenus pour leur émission. Avec un haussement d'épaules elle s'en saisit et ouvrit le premier, tout en chantonnant.

-        Aloooors. Famille, mère célibataire, trois enfants, maison héritée des parents, souhaite refaire sa vie à la campagne. Mouais. Déjà vu et puis franchement elle n'a pas trop besoin de nous il y a des agences immobilières pour ca. Bon les enfants sont mignons ils passeraient bien … murmura-t-elle en regardant les photos rattachées au dossier. Voyons le second. Jeune couple gay, souhaitant ouvrir un établissement dans le joli port de la Rochelle… Pas mal ca. Le troisième …

Elle ouvrit la chemise qui contenait les détails sur ses genoux et sut immédiatement que ceux-là allaient attirer de l'audience.

Une paire de personnes âgées, jumeaux de surcroît, dans une vieille barraque qui n'intéressait personne à part le promoteur voisin … et qui souhaitait trouver une maison pour finir leurs jours sous le soleil. Par-fait. Ca attirerait les bonnes âmes charitables, le public plus âgé qui représentait près de 30% de leur audimat. Et en plus ils auraient la sensation de faire une bonne action.

Comme pour lui confirmer son choix un rayon de soleil vint frapper le pare-brise, déchirant les nuages lourds de pluie. Jeanne jeta un œil à sa montre. 09 :15. Elle sortit de sa voiture les dossiers sous le bras et s'avanca d'un pas rapide vers l'entrée. Elle venait de passer les lourdes portes de verre quand la pluie reprit de plus belle. Elle salua la réceptionniste d'un geste de la main et se dirigea vers les ascenseurs. Elle entendit quelqu'un arriver derrière, pestant et marmonnant. Elle poussa sur le bouton de l'ascenseur avant de se retourner vers l'arrivant. Devant elle se tenait son collègue Mathieu Legrand, trempé de la tête aux pieds, ses longs cheveux bouclés rendus presque raides par la pluie gouttant sur sa veste. Les yeux bleus la fusillèrent du regard tandis qu'elle remettait une mèche de ses cheveux blonds bien secs derrière son oreille.

\-	Je t'ai toujours dit que courir ne servait à rien, rit-elle en montant dans l'ascenseur.

\-	Oh très drôle… j'étais déjà suffisamment en retard comme ca, maugréa-t-il en attachant son impressionnante crinière en une queue de cheval.

\-	J'ai regardé tes dossiers.

\-	Et ?

\-	Je pense qu'on tient nos prochains candidats.

\-	Les petits vieux ?

\-	Les petits vieux, confirma-t-elle alors que la porte de l'ascenseur s'ouvrait sur le plateau de la rédaction.

Du même pas ils se dirigèrent vers l'unique salle de réunion de l'étage. Une petite dizaine de personnes discutaient autour de la table ovale. Paul Lagrange, le directeur des programmes de divertissement de la chaîne, les regarda s'asseoir avec un air impatient sur le visage, ses cheveux blancs impeccables peignés vers l'arrière, ses yeux bruns étincelants.

\-	Bon vous m'avez trouvé des candidats valables cette fois ?

\-	Oui Paul, répondit calmement Jeanne en lui faisant glisser le dossier.

\-	Alors la veuve et l'orphelin ? Une famille nombreuse ? gronda-t-il en ouvrant la chemise. Des vieux ?! s'exclama-t-il en regardans ses deux présentateurs vedettes avec incrédulité.

\-	Yes. Ils représentent une portion de notre audimat. En plus si tu lis plus loin ce sont des jumeaux agés de plus de 70 ans qui veulent terminer leurs jours au soleil. On fera une bonne action ca ne peut que plaire au PDG. Tu sais combien il tient à faire remonter notre cote de popularité.

\-	C'est juste… murmura Paul en regardant les photos reprises dans le dossier. Ils sont situés ou ?

\-	A Verdun sur le Doubs, en Soane et Loire intervint Mathieu.

\-	Ok. Allez-y prenez contact avec eux.

\-	Vraiment ? s'étonna le jeune homme.

-       Je fais confiance à l'instinct de ta collègue. Si elle juge que ces deux personnes peuvent faire remonter notre cote de popularité, ca vaut le coup de le tenter.

-       Merci Paul, rétorqua Jeanne avec ironie.

Un silence pesa durant quelques secondes sur la salle de réunion, interrompu seulement par le fracas de la foudre. Toutes les personnes presentes savaient que Jeanne avait failli avoir le poste de Paul mais que le PDG avait préféré son vieux comparse à l'expérience qu'elle apportait. Paul ne se gênait pas pour s'appuyer sur elle en toutes circonstances. Elle y trouvait son compte, pouvant parfois imposer certains choix qui autrement n'auraient même pas été envisagés. La réunion reprit après le coup de tonnerre. Jeanne écouta d'une oreille distraite. Elle regardait à l'extérieur, tentant d'apercevoir la silhouette de la Defense au loin. La pluie formait une peinture aux formes étranges. L'image d'Emma et Charles dansait devant elle. Elle ignorait pourquoi mais quelque chose l'attirait vers cet étrange duo. Elle se promit d'enquêter un peu sur leur passé. Depuis combien de temps vivaient-ils dans cette maison ? Quel avait été leur parcours à tous les deux ?

Elle entendit Paul clore la réunion d'un : « vous savez ce que vous avez à faire, on se revoit dans trois jours » Et dans le bruit des chaises, elle l'entendit appeler sa secrétaire dans son bureau. Comme après chaque réunion. Histoire de vérifier les minutes que la toute jeune fille avait soigneusement prises au fur et à mesure de la réunion. Tandis qu'elle se levait à son tour pour retourner vers son bureau, elle apercut Paul et la secrétaire s'enfermer dans le seul bureau privé de l'étage. Mathieu regardait dans la même direction quand elle le rejoignit dans le couloir.

-       C'est vraiment un beau salopard, dit-il.

-       Il en profite. Elle aussi. Pas de raison d'en faire une maladie.

-       Tu es sûre qu'elle en profite ?

-        Elle est mieux payée qu'Hugo qui travaille ici depuis trois ans alors qu'elle vient d'arriver. A ton avis ? Tu dois arrêter avec ton complexe de chevalier blanc.
-        Complexe de chevalier … Non mais ca va pas ? Jeanne !!

En riant elle alla s'asseoir derrière son écran et se saisit du numéro de téléphone qu'Emma avait laissé lors de son appel. Mathieu s'assit en face d'elle et grimaca de l'autre côté de son ordinateur tandis qu'elle composait le numéro. Une seule tonalité retentit avant que tout le bâtiment ne soit plongé dans l'obscurité.

-        Panne de courant ! cria Hugo de l'autre côté du floor.
-        Merde ! lâcha-t-elle. Bon je vais prendre mon portable.
-        Attends le seul endroit ou tu peux avoir un réseau c'est juste à côté du bureau de Paul ! ricana Mathieu en posant ses pieds sur son bureau.
-        Et alors ? Je bosse moi.

Mathieu la regarda s'éloigner en direction du bureau en question. Elle était encore très désirable malgré ses cinquante ans approchants. Plusieurs fois il avait tenté une approche mais elle l'avait remis à sa place à chaque fois. Il avait renoncé depuis mais continuait de l'admirer malgré tout. C'était une sacrée bonne femme et une sacrée journaliste. Elle s'appuya sur le mur juste en face du bureau de Paul et pianota le numéro. Il se détourna d'elle quand Hugo vint lui proposer d'aller fumer dans la pièce réservée à cet effet au troisième étage.

Jeanne pencha légèrement la tête vers la gauche en attendant que la ligne soit connectée avec le téléphone des jumeaux. Depuis cet angle, elle pouvait apercevoir l'intérieur du bureau de Paul dans l'espace laissé entre les stores tirés pour plus de discrétion. Elle vit la secrétaire de dos, la regarda ôter sa veste et sa blouse avant de détacher son soutien-gorge. Puis elle releva sa jupe tout en se penchant sur le bureau de Paul, les fesses offertes. Ce dernier s'agenouilla derrière elle et commenca à la lécher. La journaliste se mordit les lèvres.

Cela faisait tellement longtemps qu'elle n'avait plus fait l'amour que juste les apercevoir entre deux stores l'excitait au plus haut point. Alors que Paul se redressait pour faire son affaire à la jeune fille, on décrocha.

-       Oui allo ? fit une voix jeune de l'autre côté.
-       Bonjour c'est Jeanne Gagné, de la chaîne nationale – Je voudrais parler à Emma si c'est possible.
-       C'est moi.

Jeanne sortit de sa contemplation des mouvements de hanches de Paul et tourna le dos à leur manège. Les gémissements de plaisir de la secrétaire disparurent dans le bourdonnement de ses oreilles. On tient quelque chose, se dit-elle.

-       Oh bonjour, excusez-moi vous avez une voix tellement jeune ! dit-elle.
-       Merci beaucoup, rit Emma de l'autre côté.

Son rire était léger, cristallin.

-       Je vous rappelle suite à votre candidature pour notre émission.
-       Nous … nous sommes retenus ?
-       Absolument !
-       Oh Mon Dieu ! Quand Charles va savoir ca !
-       Votre frère ?
-       Oui oui mon frère. Que devons-nous faire à présent ?
-       Si vous le voulez bien mon collègue Mathieu et moi-même allons vous rendre visite dès demain si c'est possible pour vous.
-       Demain ?

Silence. Jeanne refit face au bureau de Paul. Il baisait toujours la secrétaire dont les jambes tremblaient à chacun de ses mouvements. Il y allait comme un bœuf.

- Emma ?
- Oui excusez-moi je reflechissais. Vous serait-il possible de venir plutôt dans deux jours ? Jeudi ? Cela nous permettrait de mettre un peu la maison en ordre.
- Oh … oui oui bien sûr. Aucun problème. Je vais prendre note de votre adresse. Laissez-moi juste le temps de trouver de quoi écrire.

Elle faillit rentrer dans le bureau de Paul pour interrompre leurs ébats mais dans un grondement il éjaculait déjà, alors que la secrétaire poussait un petit cri savamment travaillé. Dommage trop tard, se dit-elle en allant prendre un stylo et un post-it sur le bureau de Mathieu. Emma lui dicta l'adresse et Jeanne la rangea soigneusement dans son sac, entre son carnet de notes et son portefeuille. Elle demanderait à Mathieu de conduire.

*****

Emma ressortit sur le porche de la maison et sourit à son frère. Elle descendit le rejoindre près de la broyeuse.

- Excellente nouvelle – je viens de parler à Jeanne Gagné, la présentatrice vedette de l'émission tu sais ? dit-elle
- Euh non mais toi oui donc je suppose que c'est positif ?
- Notre dossier a été retenu oui. Nous allons passer à la télévision tu imagines ?
- Tu as déjà appeler le promoteur pour cette maison-ci ?
- J'y avais de ce pas. Tu te rends compte ? Nous allons enfin pouvoir vivre dans une maison à notre image !! s'exclama Emma en posant sa main abîmée par les ans sur l'avant-bras de Charles.
- J'aimerais retrouver une maison comme celle de Nanny, murmura Charles les yeux perdus dans le vide.

Sa sœur lui serra le bras. Ils ne devaient pas se laisser aller à la mélancolie. La vie à leur âge était déjà suffisamment dure. Inutile de repenser à leur passé, tout glorieux était-il.

- Je pense souvent à l'incendie tu sais, avoua Charles.

-       Moi aussi. Mais je pense aussi aux bons moments que nous avons vécu avec Nanny, Jules et Anne. Je pense qu'ils seraient contents de nous voir finir nos jours dans une grande et belle maison.

-       Avec un lac…

-       Avec un lac   Avec tout ce que nous désirons pour autant que cela rentre dans notre budget.

-       Tu sais j'étais en train de me souvenir de la première fois que nous avons essayé une broyeuse.

-       Oh Seigneur oui !! C'était tellement amusant à l'époque.

*****

Jeanne poussa un profond soupir en raccrochant.

Son sentiment était mitigé après avoir parlé à Emma. La voix de cette dernière résonnait encore dans son oreille. Elle lui avait semblé tellement jeune et dynamique qu'il lui semblait étrange qu'elle appartienne à une vieille dame. Songeuse elle regarda la photo des deux candidats à une nouvelle demeure. Leurs yeux bleus pétillants regardaient l'objectif avec amusement. Dans ces regards elle ne voyait plus deux personnes âgées mais plutôt deux grands enfants que la vie avait sans doute peu épargné.

Tournant les pages elle s'arrêta sur une photo de leur maison délabrée. Son impression se renforcait encore. Ils n'avaient pas eu de chance dans la vie sinon pourquoi rester sur une propriété dans un tel état ? Elle serait passée devant sans même l'apercevoir… Son regard passa sur le toit, la seule chose qui semblait être entretenue. Une vieille remise,un petit tracteur garé devant… Les premiers arbres du petit bois situé derrière la maison se devinaient de l'autre côté du toit. Elle se pencha pour voir les détails du perron – un soupirail se dévoilait sous les marches de bois.

Mathieu, qui revenait de sa pause clope, s'arrêta à quelques centimètres de son propre bureau, fasciné par la vision de sa collègue.

Cette dernière, visiblement concentrée sur des photos, avait les trois premiers boutons de son chemisier blanc ouverts, laissant deviner le haut d'un soutien-gorge en dentelle blanche également. Il avala sa sa salive, sentit son sexe frémir à l'idée des trésors cachés sous le tissu délicat et s'empressa de s'asseoir avec un peu plus de bruit que nécessaire.

Jeanne leva les yeux, agacée par le vacarme. Ses yeux rencontrèrent le regard légèrement lubrique de son collègue. Elle se redressa et croisa les bras, faisant remonter ses seins sous son chemisier. Mathieu la regarda un peu gêné. La journaliste ne put s'empêcher de sourire devant l'excitation flagrante de son jeune collègue.

-        Tu es incroyable, rit-elle en secouant la tête avec amusement.
-        Je n'y peux rien tu sais que tu m'excites c'est pas nouveau.
-        Je te l'ai déjà dit …
-        Pas d'histoire entre collègues je sais. Ce serait dommage de mettre en danger notre relation professionnelle etc etc etc. Mais Jeanne… Franchement … On est deux adultes non ?
-        Oui et alors ?
-        Si on se met d'accord que ce n'est qu'un moment de détente …

Elle se mordit les lèvres. Mathieu lui plaisait et après avoir aperçu les ébats de Paul et de sa secrétaire le manque avait refait son apparition. Elle regarda les épaules carrées, elle connaissait les détails de son collègue par cœur. A son tour elle avala sa salive. En cette fin de journée ils devaient être les seuls encore présents au bureau. Elle déplia les bras, faisant bouger ses seins généreux avec un peu d'exagération. Les yeux de Mathieu ne la quittaient pas. Elle défit encore un bouton de son chemisier… puis encore un.

-        Jeanne… soupira le jeune homme en se levant.
-        Reste là… profite avant que je ne change d'avis.

Il obéit et la regarda continuer à déboutonner sa blouse avec lenteur. Sa poitrine était magnifique et semblait se tendre vers lui. Il ferma les poings. Jeanne se tourna sur sa chaise pour agripper sa veste en cuir et la passer, laissant son chemisier ouvert, ses seins dévoilés mais cachées par la dentelle transparente. Les mamelons plus foncés tentaient une percée. Il n'en revenait pas. Sa collègue, Jeanne la glaciale, était excitée. Elle se leva et lui tendit la main. Sans essayer de comprendre il l'agrippa.

-       On va ou ?
-       Il y a une chambre dans les studios d'enregistrement.
-       Ah bon ?
-       J'ai juste une question pour toi.
-       Oui ?
-       Tu as pris des risques avec des partenaires dernièrement ?
-       Non. Je ne parviens à attraper personne.

Jeanne se permit un petit sourire. Ils descendirent dans les sous-sols ou se situaient les studios. Ils croisèrent la femme de ménage qui leur jeta un œil sans leur prêter plus d'attention, concentrée sur son chariot qu'elle poussait comme un forçat.

La journaliste poussa une porte et ils entrèrent dans la chambre réservée aux invités de la chaîne. Mathieu regarda autour de lui, étonné.

-       Ca fait deux ans que je bosse ici et je ne savais meme pas qu'il y avait cette chambre !
-       Elle n'est pas fort utilisée. Elle sert surtout de débarras, murmura Jeanne en fermant la porte d'un tour de clé. Allume la petite lampe sur le bureau… J'éteins la grande.

Il obéit immédiatement avant de se tourner ver elle. La journaliste était appuyée le dos contre la porte et le regardait dans la lumière tamisée avec envie. Sa veste de cuir était ouverte sur ses seins. Elle était magnifique.

Elle enleva ses escarpins d'un mouvement de pied gracieux.

-        Déshabille-toi, a-t-elle murmuré.

Mathieu ôta rapidement son jeans et son tee-shirt, il hésita un moment avant d'ôter son boxer short mais d'un geste de la main de Jeanne il l'enleva, dégageant son sexe qui se dressa à l'air libre. Nu, à sa merci, il la laissa le regarder quelques minutes en silence. Elle leva les mains vers ses seins et les dégagea de la dentelle avec lenteur. Le souffle court, il regarda les deux globes lourds se dévoiler et retomber doucement. Jeanne enleva la veste de cuir et le chemisier avant de s'avancer vers Mathieu tout en enlevant lentement son pantalon et son slip.

Elle s'arrêta devant lui, offerte.

Le jeune homme regarda les seins généreux et ô si blancs de sa collègue. Il saisit celui de droite et le caressa avec douceur tandis qu'il se penchait vers le gauche pour mordiller gentiment le tèton. Jeanne étouffa un gémissement quand les dents effleurèrent le mamelon. Elle agrippa l'arrière de la tête de Mathieu, laissant ses doigts caresser les cheveux bouclés tandis qu'il se mettait à la mordiller. Apres quelques secondes elle le repoussa vers le lit situé dans un coin de la pièce.

Mathieu se laissa faire quand elle le fit asseoir sur le bord. Elle s'agenouilla devant lui, écartant ses jambes pour mieux se rapprocher de la bite tendue vers elle. Le jeune homme n'en revenait pas. Il la regarda approcher sa bouche gourmande de son sexe, les seins lourds caressant l'intérieur de ses cuisses.

Jeanne embrassa le gland avec douceur et lècha la verge avec gourmandise. Elle posa ses mains sur les jambes de Mathieu et approcha la bouche pour le sucer.

Les hanches du jeune homme se soulevèrent du lit quand elle le prit presque jusqu'au fond de la gorge. Jeanne commenca à le sucer doucement puis de plus en plus rapidement. Mathieu sentit l'orgasme monter en lui il essaya de s'enfoncer plus profondément dans la bouche de Jeanne mais cette dernière arrêta la fellation d'un seul coup avant de se relever.

-       Prends-moi par l'arrière, a-t-elle chuchoté en se penchant pour l'embrasser légèrement sur les lèvres.

Mathieu battit ses paupières plusieurs fois, perdu dans les sensations. Il acquiesca, incapable de dire quoi que ce soit tandis qu'elle se dirigeait vers le bureau de l'autre côté de la pièce. Elle se pencha en avant, levant les fesses vers lui. Il s'approcha et posa les mains sur son cul. Sa bite frappa une fesse puis l'autre, comme saisie de sa propre volonté.

Jeanne écrasa ses seins sur le bureau et glissa une main vers sa chatte pour se caresser. Quand Mathieu commenca à l'enculer avec douceur elle ferma les yeux et se remémora la scène entre Paul et la secrétaire. Le jeune homme fit entrer sa queue jusqu'à la garde dans le corps de Jeanne et resta immobile quelques secondes, le temps de profiter du moment. Mais son envie fut plus forte que sa raison. Il la baisa avec force mais se retira juste avant d'éjaculer. Jeanne émit un son décu. Il se pencha sur elle.

-       Tu veux que je termine ou ?

La journaliste reprit son souffle avant de répondre.

-       Dans le cul, suffoqua-t-elle.

Mathieu émit un grognement et s'enfonca d'un seul coup au plus loin dans Jeanne. Cette dernière s'agrippa aux bords du bureau, elle sentait l'orgasme monter. Les mouvements de son compagnon accélérèrent et il jouit en elle juste avant qu'elle ne jouisse à son tour dans un cri. Jeanne se redressa et se rhabilla alors que lui se trainait jusqu'au lit pour s'y écrouler. Elle remit sa veste et le regarda avec un sourire.

- Je te tiendrai au courant de ma visite chez les candidats demain … lui dit-elle en l'embrassant à la commissure des lèvres.

Puis d'un pas décidé elle sortit en claquant la porte derrière elle, le laissant souriant et épuisé sur le lit

L'ampoule illumina brutalement la cellule de Manuel.

L'homme tenta de s'enfoncer encore plus profondément sous sa couverture pour échapper à ce réveil brutal.

Il tremblait de peur et de froid, ne savait plus quoi penser, l'odeur entêtante du sang de Jocelyne avait imprégné tout son être. Il ne voulait pas se réveiller, ne voulait pas savoir ce que ces monstres avaient prévu pour lui. Il mit ses mains sur les oreilles et se mit à chantonner une berceuse. Il referma les yeux.

Jules fit glisser le judas de la porte de leur dernier prisonnier et regarda dans la cellule. Avec une grimace de degoût il apercut le sang coagulé sur le sol. A vue de nez cela allait lui demander quelques bonnes heures de récurage intense. Il regarda la masse informe sous la couverture durant quelques secondes et poussa un soupir quand elle la vit bouger.

Il reclaqua le judas avec force, histoire de rappeler à Manuel ou il se trouvait puis retourna vers l'escalier en haut duquel l'attendait Nanni pour être transportée jusqu'en bas. Elle devenait de plus en plus légère cela l'inquiétait un peu. Il faut dire qu'aucun d'entre eux ne rajeunissait. Heureusement les jumeaux leur apportaient une nouvelle énergie. Il sourit en les entendant discuter avec leur grand-mère en haut des marches de la cave.

- Donc nous allons utiliser la broyeuse pour elle ? Pour eux deux ? demanda Charles.

-	Pour les deux, sourit Nanny devant l'enthousiasme de Charles. Vous allez voir c'est très jouissif de pousser un corps par une extrémité et en voir sortir de minuscules débris.
-	Et après ? Que ferons-nous des restes ? demanda doucement Emma.
-	Nous allons organiser un feu de joie bien sûr ! Le chic est de mêler les restes humains avec des débris de bois. L'odeur est cachée par celle de la fumée. Je pense que le dernier à avoir été organisé doit dater de l'an dernier. Jules ?
-	En effet madame. Nous avions profité de la Saint-Jean.
-	C'est exact je m'en souviens maintenant. Mon pauvre cerveau n'est plus ce qu'il était … Malheureusement la St Jean est passée. Il va falloir trouver un autre prétexte je le crains.
-	Il est tout trouvé Madame.
-	Tiens donc ? Dites Jules dites.
-	Pourquoi ne pas organiser une fête au village ? Nous approchons de la Fête Nationale. Si vous proposez aux notables un banquet pour cette occasion accompagné d'un feu de joie …
-	Vous avez décidément d'excellentes idées mon cher. Rappelez-moi de vous augmenter, sourit-elle en lui	tapotant l'avant-bras.

Jules sourit à son tour. Les jumeaux les regardèrent tous les deux avec un mélange d'admiration de crainte dans leur regard clair tout en accompagnant leur grand-mère de leur rire léger.

Emma sentit à nouveau un frisson passer dans son dos. Le sourire de Nanni s'éteignit avant le leur.

Les deux femmes échangèrent un regard, comme deux lionnes complices et adversaires. La jeune fille fut cependant la première à détourner les yeux…

*****

Manuel éternua violemment. Il avait froid, il mourait de faim et il était terrorisé. Combien de temps encore allaient-ils le garder prisonnier ? Il sortit de sa couverture et s'assit dessus, les yeux rivés sur le sol rougeâtre. Le sang avait fini par être absorbé par la terre de sa cellule mais elle conservait les traces de Jocelyne. La terre rendait un nouveau ton bordeau qui lui donnait la nausée.

Il se rendit soudain compte qu'il ne pouvait pas s'arrêter de trembler. Il leva les yeux sur l'ampoule nue.

En plissant les paupières il pouvait deviner les détails des fils. Il essaya de ne plus fermer les yeux pour essayer de les mémoriser, son cerveau tentant de s'évader de n'importe quelle facon.

Emma fit coulisser le judas et regarda leur invité.

Il était assis en tailleur, ses cheveux sombres en bataille, les bras posés sur ses genoux et les yeux fixés sur l'ampoule. Nanni avait raison. C'était incroyable ce qu'une nuit seul dans l'obscurité totale pouvait avoir comme effet sur une personne. Elle remarqua qu'il s'arrêtait petit à petit de trembler. Et qu'il essayait de ne plus fermer les yeux qu'il gardait fixés sur l'ampoule nue de sa cellule.

Une main sur son épaule la fit sursauter. Elle se tourna pour voir Jules souriant derrière elle.

-        Madame va vous montrer pour la broyeuse.
-        J'arrive. C'est fascinant d'observer les gens vous ne trouvez pas ? demanda-t-elle en refermant le judas et en suivant Jules dans la direction du bureau.
-        Nous en avons eu de tous les styles. Les fous furieux qui ont tenté de se fracasser le crâne contre la porte par exemple. Mais en général ca n'arrive qu'après quelques jours d'isolement dans le noir le plus complet.
-        Vous avez déjà essayé alors ? Je me demandais si on ne pourrait pas garder Manuel un peu plus longtemps.
-        Pourquoi pas ? Je crois que Madame souhaite vous voir faire vos propres expériences.

Emma frappa dans les mains, enthousiaste. Ils avaient rejoint Nanni et Charles dans la pièce du fond. Ce dernier était penché sur le bureau et Nanni lui montrait les plans de la machine. Les yeux clairs du jeune homme brillaient d'excitation. Sa sœur vint regarder au-dessus de son épaule et regarda les plans.

Elle savait que son frère comptait s'en occuper seul et elle n'y voyait aucun inconvénient. Ce qui l'intéressait, elle, se trouvait dans la cellule. Elle tourna les yeux vers leur grand-mère.

- Nanni j'ai une faveur à vous demander.
- Dis-moi.
- Est-ce que je peux m'occuper de Manuel ?
- T'occuper ?
- Pendant que Charles se débarasse des restes de Jocelyne je voudrais faire des expériences sur lui.
- De quel genre ?
- Je voudrais savoir combien de temps il pourra survivre avec un minimum de nourriture et dans la solitude la plus complète.

Nanni se rabattit au fond de sa chaise et posa ses mains toujours gantées de dentelles sur les accoudoirs. Elle regarda la jeune fille durant quelques secondes, songeuse. Elle savait depuis le départ que sa petite-fille possédait un autre style que Charles. Même différent du sien. Nanni avait toujours favorisé l'aspect physique de ses victimes. Le côté mental n'avait été qu'une distraction. Mais Emma … sous son casque de cheveux blonds, cachait un esprit tortueux. Qui ne pouvait pas se contenter du plaisir simple finalement de tuer quelqu'un. Un sourire plia la bouche fine de la vieille dame. Elle hocha la tête.

- Quand tu en auras terminé avec lui je pense que ton frère se fera un plaisir de récupérer ses bras …. N'est-ce pas Charles ?
- Non je n'aime que les bras de femme, avoua le jeune homme. Les hommes sont trop poilus, expliqua-t-il tout en se replongeant dans les plans de la machine.

Nanni éclata de rire devant la franchise de son petit-fils.

-       Tu vas commencer par faire quoi Emma ? demanda-t-elle.
-       Je crois que je vais le laisser s'aveugler à la lumière de l'ampoule… murmura la jeune fille, les yeux perdus dans le vide. Jules ?
-       Oui mademoiselle ?
-       Vous pourriez lui deposer une tranche de pain et un peu d'eau ?
-       Certainement. Maintenant ?
-       Oui … et demain meme heure. En combien de temps va-t-il devenir désespéré au point de souhaiter mourir ? murmura-t-elle songeuse.

Sa grand-mère la regarda quitter les lieux sans doute pour aller observer leur prisonnier. Un sentiment de fierté mêlé de crainte s'empara d'elle. Charles ne l'inquiétait aucunement. Mais Emma … Ils allaient devoir agir plus vite que prévu. Elle ne pouvait pas laisser la jeune fille prendre trop d'initiatives sous peine de la voir l'écraser. Et même si la nature faisait bien les choses elle n'était pas pressée de se voir remplacée.

Charles lui posa une nouvelle question sur la broyeuse. Elle décida de laisser Emma pour plus tard. Aucun mal à s'amuser un peu en attendant.

*****

Manuel avait perdu la notion du temps. Il continuait à fixer l'ampoule au plafond. Il ne se rendit pas tout de suite compte qu'il devenait aveugle. D'abord il eut la sensation que l'ampoule s'éloignait de lui. Qu'elle disparaissait au bout d'un tunnel.

Il fermait alors les yeux quelques minutes puis les rouvrait et l'ampoule était à nouveau bien présente. Il ne prêtait clairement plus attention aux bruits autour de lui.

Emma le regarda encore quelques instants à travers la petite ouverture grillagée de la porte. Il ne bougeait pas d'un centimètre. Sa couverture souillée s'étalait autour de lui. Non rasé depuis son emprisonnement, sa barbe noire grignotait à présent la moitié du beau visage de son prisonnier. Ses cheveux collaient entre eux. Ses bras encerclaient ses genoux, son dos courbé dévoilait sa colonne vertébrale et ses côtes ... Il ne mangeait plus depuis trois jours. Ne buvait plus non plus. Il s'était fait sur lui. L'odeur pestilentielle agressa d'ailleurs l'odorat de la jeune fille qui se mit à respirer par la bouche.

Les yeux noirs de Manuel reflétaient la lueur de l'ampoule, petite lumière perdue dans ses orbites sombres. Contrairement à ses attentes il n'avait pas essayé de se tuer et ne hurlait plus depuis la mort de Jocelyne.

Le sang de sa femme avait été totalement absorbé par le sol de terre de la cellule, assombrissant encore le tableau. Les tranches de pain s'amoncelaient devant la porte.

Emma tapota du poing sur la porte. Aucune réaction. Il cligna à peine les yeux. La jeune fille entendit le bruit des roues de la chaise roulante de sa grand-mère dans son dos. Elle referma le judas de la porte avant de se tourner vers elle.

-       Aucun changement ? demanda Nanny.
-       Non il continue a fixer cette ampoule sans rien faire d'autre.
-       Son esprit a déjà quitté son corps je pense.
-       Combien de temps peut-il tenir ?
-       Cela dépend de chaque personne. Tu veux attendre ?
-       J'aimerais oui.
-       Très bien. Mais plus trop longtemps. Ton frère s'est bien amusé avec la broyeuse. Et il aimerait bien passer à autre chose.

Elles échangèrent un sourire. Charles ne manquait jamais de les amuser. Nanny tendit la main vers sa petite-fille qui la saisit.

-        Rentrons au château, dit-elle.
-        Continuons à garder l'ampoule allumée … demanda Emma.
-        De la gentillesse ?
-        Non de la curiosité. Si nous coupons l'électricité je pense qu'il deviendra fou et je ne pourrai pas connaître sa période de survie.

Nanny approuva d'un hochement de tête. Décidément ses descendants ne la décevraient jamais.

Emma arrêta de fixer l'ampoule de la buanderie et se remit à repasser. Personne ne pouvait dire qu'ils avaient l'air négligé. De plus avec tous les vêtements abîmés par le sang au cours des années, elle avait pris l'habitude de faire une lessive systématiquement après chaque séance. Elle regarda sa montre.

16 :30.

Les deux journalistes de la télévision n'allaient pas tarder. Elle plia soigneusement la chemise de Charles qu'elle venait de terminer et débrancha sa centrale-vapeur. Une bonne chose de faite. Elle adorait l'odeur de la lessive. Cela lui rappelait une époque lumineuse, claire, nette, sans cauchemar.

Elle se mit à chantonner une vieille chanson de sa jeunesse tout en rangeant la buanderie. Depuis qu'ils avaient recu la bonne nouvelle de leur sélection elle se sentait tellement légère et rajeunie.

Elle ferma la porte derrière elle et remonta au rez-de-chaussée. Charles avait déjà commencé à faire les caisses en prévision de leur futur déménagement. Elle passa entre deux d'entre elles en chantonnant et se rendit dans la cuisine pour se faire une tasse de thé.

Une fois la boisson prête elle sortit sur le perron pour guetter leurs deux invités. Elle pouvait entendre Charles nettoyer le grenier. En prenant une gorgée de son thé sucré, seul plaisir qu'elle s'accordait encore depuis sa dernière visite médicale, elle regarda la broyeuse encore rutilante.

Leur dernière victime n'était plus qu'un souvenir … et ce qu'il en restait reposait dans le cellier, perdu dans le pâté de campagne qui était devenu une spécialité d'Emma. Deux pots attendaient d'ailleurs les deux journalistes. Pour les remercier de leur aide future. Elle avait développé la recette en se basant sur celle d'Annie. A présent elle pouvait offrir un produit de qualité tout en se débarassant des restes indélicats.

Elle se sentit un peu nostalgique. Plus aucune victime n'attendrait leur bon plaisir dans cette vieille maison.

Emma terminait sa tasse de thé quand elle apercut une camionnette portant le logo de la télévision s'engager dans le chemin de terre qui menait à leur demeure. Elle agita la main pour leur souhaiter la bienvenue et regarda le véhicule approcher avec le sourire parfait de la vieille dame inoffensive. Elle avait pris de bonnes lecons avec Nanny.

Quand les deux journalistes descendirent de la camionnette ils tombèrent immédiatement sous le charme de la petite dame au tablier fleuri qui les accueillit sous le porche délicieusement rétro – son petit chignon bien serré dégageant le visage un peu rond d'une grand-mère gâteau.

Manuel se rendit compte qu'il était devenu aveugle en se réveillant. Cela faisait longtemps qu'il ne se demandait plus si on était le soir ou le matin. Comme à son habitude il s'était endormi en fixant l'ampoule. Quand elle avait semblé s'éloigner au bout d'un tunnel il avait pensé que le sommeil l'emportait.

Mais quand il ouvrit les yeux l'obscurité resta totale.

Il crut d'abord que quelqu'un avait finalement éteint la lumière. Il se leva sur ses jambes tremblantes de faiblesse pour essayer de toucher l'ampoule. Quand son doigt l'effleura elle était tellement chaude qu'il sut qu'il s'était brûlé immédiatement.

Et il comprit soudain qu'il ne verrait plus jamais. Ses magnifiques yeux bruns parcoururent la cellule sans la voir, rendus immenses dans son visage émacié.

Emma se retint d'applaudir. Il était allé jusqu'au bout de sa folie. Curieuse elle rapprocha son œil du judas pour l'observer encore plus intensément. Il ne hurlait toujours pas, ses gémissements s'étaient éteints également depuis des jours.

Que pouvait-il penser derrière ce front si noble, sous cette barbe non soignée ? Elle entendit le pas de Charles approcher pour la rejoindre devant la porte de la cellule de leur dernière victime.

-        Alors ? demanda son frère.
-        Alors il est aveugle, il est allé jusqu'au bout. C'est incroyable !

Charles étouffa un bâillement.

-        Tu veux encore le garder combien de temps ?
-        Je me demande combien de jours il pourrait tenir sans boire ni manger dans le noir le plus complet …
-        Quoi ? Tu veux encore attendre avant de le terminer ? Emmaaaaa.
-        Oh arrête de geindre.
-        Mais je m'ennuie moi ! Nanny a décidé d'attendre que nous achevions Manuel avant d'en prendre d'autres. Tu le sais !

-     Ecoutez-moi ca on dirait un petit garcon, rit la jeune fille en se tournant vers son frère tout en faisant coulisser le judas. D'accord d'accord. Je vais parler à Nanny. Apres tout on peut le laisser la jusqu'à ce qu'il meurt. On l'oublie c'est tout.
-     Tu crois ? Mais s'il couine ?
-     Personne ne l'entendra.

Elle lui prit la main et ils rejoignirent Nanny qui les attendait en bas des marches avec son fidèle Jules. La vieille dame avait un plateau posé sur les genoux. Plateau rempli de bocaux. Elle fit signe à Charles qui s'empressa de la débarasser du plateau puis ils remontèrent à la lumière, oubliant déjà leur dernière proie aveugle au fond de son trou.

Le soleil couchant transformait les ruines en une demeure féérique quand les jumeaux repassèrent sous la glycine. Ils s'arrétêrent quelques minutes pour profiter de la magie du lieu

Après avoir réinstallé Nanny dans sa chaise, Jules referma soigneusement la porte derrière eux et rabattit le lière touffu pour la dissimuler aux regards potentiellement curieux. Les rouges et ors de la fin de journée enchantaient toujours les jumeaux quand ils les rejoignirent.

-     Jules vous pouvez éteindre à présent. Pour lui cela n'a plus aucune importance, sourit Emma avant de prendre l'un des bocaux posés sur le plateau que tenait toujours Charles et de l'observer avec curiosité.
-     Qu'est-ce que c'est Nanni ? demanda ce dernier.
-     Une recette de famille mes enfants. Du pâté campagnard fait avec des produits frais, expliqua leur grand-mère tandis que Jules la poussait vers l'extérieur des ruines.
-     Quels produits ? demandèrent-ils avec un ensemble parfait alors qu'ils approchaient de la voiture.

Les yeux bleus de Nanni pétillaient d'amusement.

-       Vous ne devinez pas ? leur lanca-t-elle alors que Jules la déposait dans la voiture avant de replier la chaise.
-       Un indice !! demanda Charles en la rejoignant dans le véhicule.
-       Jocelyne… répondit Emma toujours debout à côté de la voiture, le regard posé sur les ruines enchanteresses en cette soirée de la fin de l'été.

Le jeune homme regarda sa grand-mère pour avoir confirmation. Cette dernière acquiesca. Jules se glissa derrière le volant.

-       Emma ? appella doucement Nanni. Nous devons rentrer il va faire sombre très bientôt et nous attendons quelques invités ce soir.
-       On dirait la demeure d'une fée vous ne trouvez pas ? dit la jeune fille en les rejoignant. La lumière est tout simplement magique.
-       C'est la fin de l'été les couleurs deviennent de plus en plus profondes et chaudes. Elles annoncent l'automne déjà.

Emma tourna la tête pour apercevoir les ruines une dernière fois sous la lumière enchanteresse. Mais l'ombre commencait déjà à avaler la demeure de la fée. Comme si de longs doigts de velours noir en prenaient possession. Un frisson secoua la jeune fille.

Elle repensa à Manuel dans sa cellule, aveugle, seul.

Un sourire passa sur ses lèvres tandis que l'ombre éteignait la douceur de l'été. Avec un soupir d'aise elle se laissa aller plus profondément dans le siège de cuir et se laissa bercer par la voix de Nanni. L'idée de l'avoir enterré vivant lui plaisait. Elle se promit de revenir dans une semaine avec Jules. De toute facon il faudrait sans doute se débarasser du corps. A moins qu'elle ne le laisse se momifier.

L'air était-il assez sec pour ca ? Ses pensées partirent dans tous les sens mais la voix de sa grand-mère se fit soudain plus puissante. Elle s'arracha à sa rêverie pour l'écouter.

\-   Ce soir nous accueillons quelques amis venus de toute la France pour passer quelques jours avec nous. Vous allez certainement apprécier ces personnes elles ont les mêmes … intérêts que nous. De plus un couple d'amis vient avec ses enfants qui ont justement le même âge que vous. Cela promet d'être une semaine mémorable.

Les jumeaux se regardèrent. D'autres ? Comme eux ? Le même sourire tendit leurs lèvres. Et dans leurs yeux bleus tellement semblables se lut la même volonté.   Personne ne pouvait être comme eux. C'était tout bonnement impossible. Et ils se feraient un plaisir de le démontrer.

*****

Comme à son habitude Nanni avait tout organisé avec un goût exquis. Les grandes porte-fenêtres ouvertes sur les jardins aux couleurs encore chatoyantes en cette fin d'été, un buffet exquis préparé et installé dans la grande salle à manger par la femme de Jules attendait les invités.

Annie supervisait le tout, guidant les serviteurs engagés pour la soirée. D'immenses chandeliers sortis la vielle du hangar par le chauffeur avaient été soigneusement lustrés et se dressaient tels des gardiens aux têtes multiples le long des murs de la grande piéce.

Emma et Charles se retrouvèrent en haut des marches et la main dans la main descendirent rejoindre leur Nanni. La jeune fille portait une longue robe blanche vaporeuse, au profond décolleté qui laissait dévoiler la courbe de ses seins petits et
fermes. Charles lui étrennait un costume de lin beige, avec une

chemise blanche qui mettait en valeur ses épaules et son teint halé.

Irrésistibles de jeunesse et d'assurance ils prirent place derriére leur grand-mère, vêtue pour la circonstance d'un ensemble pantalon vert pâle. Tous les trois allèrent attendre les arrivants en haut des marches du perron, devant la porte principale.

Ils apercurent un coupé décapotable de couleur crème dans l'allée qui vint s'arrêter devant les quelques marches qui menaient aux hôtes. Un couple d'une quarantaine d'années en descendit. Elle blonde aux cheveux effleurant ses épaules, habillée d'un tailleur pantalon bleu pâle, les yeux bleu-verts et attentifs, la poitrine généreuse, le pas assuré. De toute sa personne émanaient confian en soi et allure naturelle.

Lui brun, de la même taille que sa compagne. Mêmes yeux bleu-verts mais amusés plutôt qu'attentifs. Tout comme elle il portait beau et possédait une présence extraordinaire. Tandis qu'ils gravissaient souplement les marches le fidèle Jules s'occupa de la voiture et des bagages.

Nanni avança légèrement sa chaise pour les accueillir en leur tendant à chacun une main.

-       Eloise, Mathias ! Bienvenue mes amis bienvenue ! s'exclama-t-elle avec une joie non dissimulée.

Charles et Emma se regardèrent. La joie sincère qui émanait de l'accueil de leur grand-mère les troublait. Ils l'avaient toujours vue très hospitalière mais assez réservée.

L'arrivée de ce couple signifiait autre chose. Eloïse embrassa la joue poudrée de la vieille dame et se tourna vers eux avec un immense sourire.

-       Les voici donc les derniers membres de la famille ! dit-elle. Seigneur comme vous êtes beaux. Mathias, regarde-les.

Son compagnon approcha à son tour, laissant sa main effleurer l'épaule de Nanni. Emma ne put s'empêcher de s'apercevoir du frisson de sa grand-mère en réaction à cette caresse. L'homme les regarda avec attention et affection.
La jeune fille comprit soudain la réaction de sa grand-mère.

Il y avait quelque chose qui émanait de cet homme qui la troubla jusqu'au creux de son estomac. Le sourire en coin, l'œil amusé, et surtout l'intelligence qui pétillait dans le regard posé sur elle la rendirent, pour la toute première fois de sa vie, incertaine. Eloise s'approcha d'eux et il passa son bras autour de la taille de sa compagne avec tendresse. Emma sentit un sentiment de jalousie lui monter dans le cœur. Elle aussi voulait sentir son bras autour de sa taille, effleurer le torse qu'elle pouvait imaginer sous la chemise claire. Son regard bleu rendu encore plus clair par l'envie se posa sur Eloïse. Cette dernière l'observait avec beaucoup d'intérêt.

-	Mathias mon cher … j'ai de la concurrence !! dit-elle avant d'éclater de rire. Et laquelle ! Elle est juste magnifique cette jeune fille. Et je vois déjà que tu ne lui es pas indifférent. Ce regard en dit long mademoiselle.

Emma rougit, un peu perdue entre le compliment et la perspicacité de la femme devant elle. Eloïse posa une main sur son avant-bras avec gentillesse.

-	Nous allons être amies Emma. Ne vous inquiétez pas je ne suis pas jalouse, murmura-t-elle en se penchant un peu vers la jeune fille.
-	Je … je l'espère. Que nous deviendrons amies… pas que vous ne soyez pas jalouse. Je veux dire … balbutia Emma.

Eloïse l'embrassa soudain sur les lèvres avec un clin d'œil avant de la prendre par le bras et de l'entraîner à l'intérieur de la demeure, en quête d'une boisson fraîche. Emma se laissa faire, totalement charmée par l'assurance de l'arrivante, ses sens en éveil par cette arrivée fracassante.

Charles regarda sa sœur s'éloigner, les sourcils un peu froncés, étonné de la réaction inhabituelle des deux femmes de sa vie. Curieux il observa celui qui leur faisait autant d'effet. Mathias l'observait avec attention et un sourire en coin.

Le jeune homme rougit sous le regard inquisiteur et amusé du nouvel arrivant. Lui aussi sentit quelque chose lui nouer l'estomac. Mal à l'aise il se rapprocha de Nanny qui lui sourit gentiment sous son chignon blanc et qui lui prit la main comme pour le rassurer.

La vieille dame se doutait de l'impact qu'allait avoir les deux arrivants sur ses héritiers. Le couple en question respirait la confiance en soi, le charme, la séduction. Elle connaissait leurs jeux qui parfois pouvaient devenir malsains.

Mais elle savait aussi qu'ils ne feraient jamais de mal à l'un de leurs semblables. Au contraire ils pourraient les former à certains plaisirs de manipulation et de séduction qui allaient pouvoir servir aux jumeaux dans le futur.

-        Excusez-moi je vais retrouver Eloïse avant qu'elle n'accapare totalement Emma, s'excusa Mathias en saluant poliment Nanny et Charles.

En passant à côté du jeune homme Mathias lui effleura la hanche. Charles avala sa salive. C'était comme si une énergie extraordinaire l'avait effleuré. Il sentit la chaleur lui monter au front. Seule la main fraîche de sa grand-mère lui permit de rester lucide. Il ne voulait qu'une chose. Que cet homme qui venait d'entrer chez eux lui fasse ce qu'il voulait. Des envies étrangères lui traversèrent l'esprit dans un soupir.

-        Allons Charles, ce sont juste des amis. Exceptionnels sans doute mais des amis, le rassura Nanny en lui serrant la main un peu plus fort. Vous allez constater tous les deux que je ne peux pas tout vous apprendre.

Elle lui fit un clin d'œil avant de ramener son attention sur un nouveau véhicule qui approchait

-	Voici les suivants. Vous allez avoir des enfants de votre âge avec qui parler pour changer …
-	Nanni nous sommes heureux ici. Nous n'avons pas besoin de …
-	Je sais je sais. Une petite chose Charles. Si vous avez besoin de la cabane prévenez Eloïse et Mathias. C'est un de leurs endroits favoris pour batifoler.
-	Pourquoi aurions-nous besoin de la cabane Nanni ?

Elle le regarda une seconde, la tête légèrement penchée, l'œil inquisiteur et le jeune homme éclata de dire.

-	D'accord promis.
-	Bien. Par contre n'ayez aucun remords ni aucune pitié. Ils n'en auront pas. Allons soyons polis.

Charles fronca légèrement les sourcils. Cela voulait donc dire que les enfants des arrivants ne comptaient faire qu'une seule chose. Et c'était de se débarasser d'eux ? Un sourire carnassier tendit les lèvres du jeune homme. Le jeu allait s'avérer amusant. Il ne pouvait pas attendre d'en parler avec Emma.

Une grosse berline venait de s'arrêter au pied des marches.

Un couple d'une cinquantaine d'années en descendit, suivi de deux jeunes hommes. A première vue le premier avait l'air un peu plus jeune que les jumeaux. Le second un peu plus vieux. Les trois jeunes gens se jaugèrent avant même d'être présentés.

Charles sentit Emma le rejoindre avant même qu'elle n'apparaisse. Le regard des deux jeunes arrivants se fixa sur elle, tous les deux visiblement éblouis. Ca va être un vrai jeu d'enfants se dit Charles. Et le sourire sur ses lèvres se fit accueillant pour saluer les arrivants alors qu'Emma passa son bras autour de sa taille.

- Rose, Antoine, soyez les bienvenus chez nous. Cela faisait décidément trop longtemps. Et vos garcons ! Alexandre, Thibaud, approchez approchez que je vous regarde ! s'exclama Nanni.

Le ton n'était pas le même que pour Eloïse et Mathias. C'était flagrant. Ils retrouvaient leur grand-mère accueillante mais réservée.

Les jumeaux comprirent que les quatre invités qui venaient d'arriver n'étaient pas de la famille.

Ils n'étaient là que pour une seule raison. Les quatre arrivants étaient les proies…

Emma regarda approcher les deux journalistes avec curiosité.

Les yeux bleu/verts qui soudain plongèrent dans les siens la firent reculer d'un petit pas. Ce regard… cette allure … C'était impossible. La jeune femme qui approchait devait avoir à peine la quarantaine. Mais ces cheveux blonds presque platines, le sourire qui lui tendait les lèvres... Emma battit les paupières plusieurs fois, incrédule. Cela ne pouvait pas être Eloïse. C'était impossible !!! Elle était bien payée pour le savoir.

Mais la ressemblance était tellement réelle qu'elle mit quelques secondes à se remettre de sa surprise.

Elle se promit d'avertir Charles autant que possible avant qu'il ne vienne les rejoindre.

Le second émissaire était un homme jeune, aux cheveux trop longs à son goût dont les boucles rebondaient sur ses épaules carrées. Il portait une énorme caméra sur son épaule droite comme si c'était une plume. De l'autre main il la saluait gentiment, comme s'il cherchait à l'apprivoiser. Un hippie se dit-elle. Sympathique. Ouvert. Tout le contraire de sa collègue qui, elle, continuait à regarder les alentours avec une attention singulière. Ils s'arrêtèrent tous les deux devant elle, au pied des trois marches du perron.

-       Bienvenue, bienvenue chez nous ! s'exclama Emma en tendant la main à la femme.

Cette dernière la saisit et la serra gentiment. Son visage s'adoucit légèrement.

-       Merci, dit-elle – Emma refusa de se souvenir de la voix d'Eloïse – Vous avez une grande propriété.
-       En effet, rit Emma, toute blanche et rose comme une grand-mère dans un conte pour enfants.
-       Je m'appelle Jeanne, Jeanne Edwards. Voici mon collègue Mathieu Legrand.
-       Enchantée mais entrez entrez. J'ai préparé du thé.

Les deux arrivants la suivirent dans la petite maison, amusés par son format minuscule mais bien agencé. Ils s'installèrent autour de la table de la salle à manger en réduction. Mathieu ressortit un court instant pour laisser la caméra sur le perron. Elle semblait immense dans cette demeure de poupées et prenait presque toute la place dans la pièce minuscule.

Emma déposa le plateau devant Jeanne et lui sourit.

Tout en servant le thé elle enclencha la conversation. Elle souhaitait en savoir plus sur la journaliste. Sa ressemblance avec une ombre de son passé était trop frappante pour qu'elle puisse l'oublier. D'une manière ou d'une autre elle devait avoir un lien avec Eloïse. Elle sourit en voyant le hippie reprendre sa place sur la petite chaise en bois. Lui au moins ne ressemblait à personne. Il lui aurait bien plu… 50 ans auparavant.

Charles éternua violemment et maudit le courant d'air dans sa chambre. Il ne parvenait pas dormir la fenêtre fermée et l'isolation dans le château laissait à désirer. Il se moucha élégamment en s'excusant auprès de Rose qui lui sourit en faisant un petit geste de la main comme pour lui dire que cela n'avait pas d'importance.

La première soirée au château des nouveaux arrivants se terminait déjà. Les porte-fenêtres donnaient sur le parc et sur la nuit qui l'avait enveloppé. Les immenses chandeliers terminaient de brûler leurs bougies. On entendait chanter les crapauds au loin sur le lac. Les étoiles s'accrochaient l'une après l'autre au ciel de velours. Une magnifique soirée d'été entre amis. Entre amis… se répéta Charles tout en observant les invités.

Eloïse et Mathias parlaient près de cheminée, leur communion éblouissante pour les autres convives. Le jeune homme sentit à nouveau cette chaleur inconnue le dévorer quand ses yeux se posèrent sur le couple. Il détourna pudiquement le regard avant qu'ils ne s'aperçoivent de son trouble. Nanni était en pleine démonstration de sa science du jeu d'échecs face à un Antoine qui semblait un peu perdu devant son talent. Et enfin Emma.

Emma et ses mignons avait-il envie de les surnommer.

Thibaud lui tenait la main et faisait semblant de lui lire l'avenir dans sa paume. Alexandre se contentait de la regarder et de rire en même temps qu'elle.

Mais lorsque le regard bleu intense de sa soeur se posa sur lui il put y lire l'envie qui coulait dans les veines de sa jumelle. Ce fut un instant furtif mais il lui répondit d'un hochement de tête. C'était presque trop facile, ils ne semblaient être une menace pour personne.

Instinctivement il savait pourtant que cela n'allait pas être le cas.

Les deux fils de Rose et Antoine pouvaient jouer les amoureux transis auprès d'Emma mais Charles s'était très vite rendu compte qu'ils observaient tout ce qui se passait autour d'eux en même temps. Ils avaient déjà dû repérer leurs chambres, les sorties possibles du château, les coins sombres… Mais savaient-ils qu'ils étaient présents comme proie et non comme chasseurs ?

Le regard noir d'Alexandre vint se poser sur lui. Charles leva son verre comme pour lui porter un toast. Son potentiel adversaire fit pareil avec un sourire en coin tandis que Thibaut caressait la main d'Emma comme par maladresse. Cette dernière la retira avec délicatesse pour reprendre son verre posé sur la cheminée et joindre les deux autres jeunes gens dans leur toast. Ce qu'aucun des garcons n'avait encore compris c'était que la jeune fille ne s'intéressait qu'à une seule personne.

Elle surprit le baiser de Mathias dans le cou d'Eloïse et à nouveau une jalousie féroce s'empara d'elle. Elle se promit d'être celle qu'il embrassait ainsi. Bientôt. Très bientôt. Mais en attendant …Elle leva son verre vers son frère ce qui capta l'attention de leur grand-mère.

-       Excellente idée Charles ! s'exclamait Nanni en levant son verre à son tour. A vous tous mes amis. Que ces   quelques jours restent mémorables pour tous !
-       Pour tous ! répéta la petite assemblée.

Chacun but une gorgée avec quelques rires. Il faisait bon vivre dans la demeure de Nanni ce soir-là.
*****

Une petite heure plus tard, alors que la grande horloge placée dans le hall d'entrée venait de sonner deux heures du matin, tous montérent dans leur chambre respective, se réjouissant d'une nuit calme avant une belle journée de début d'automne qui promettait d'être riche en péripéties.

Emma et Charles étaient les seuls à avoir leur chambre au second et dernier étage. Les invitées logeaient au premier. Nanni avait été la première à se retirer dans ses appartements du rez-de chaussée. Tous se saluèrene et se souhaitèrent une bonne nuit avant de se répartir dans les différentes chambres. Le calme s'emparait de la demeure alors que les jumeaux montaient sagement à leur étage. D'un accord muet, ils entrèrent tous les deux dans la chambre d'Emma.

La lune éclairait pleinement le grand lit de la jeune fille sur lequel ils s'assirent. Ils pouvaient se voir facilement sans aucune lumière artificielle. La lune pleine entrait par la fenêtre ouverte sans y être conviée.

-        Ne parlons pas trop fort, Eloïse et Mathias dorment juste en-dessous, murmura Emma.
-        Dormir hein ? rit son frère sur le même ton.
-        Charles, je t'en prie, un peu de sérieux nous devons mettre en place un plan d'attaque, gronda la jeune fille, essayant d'ignorer la pointe de jalousie qui la piqua aux mots de son frère.
-        Oui maréchal des logis.

Elle lui lanca un regard agacé puis se pencha vers lui pour parler encore plus doucement.

-        Nous ne pouvons pas les tuer dans la maison. Et la cabane a déjà servi ce ne serait pas très amusant.
-        Ma question est plutôt la suivante. Prenons-les nous tous les quatre ou l'un après l'autre ?
-        Je me suis demandé la même chose. Si nous prenons par exemple Alexandre, le reste de sa famille va être sur ses gardes. Et nous risquons aussi de les voir rameuter la police.
-        Donc les quatre en même temps ?

-       On pourrait s'occuper chacun d'un des fils. Mais cela ne règle pas le problème des parents.

Chacun se tut, perdu dans ses réflexions. Charles se leva pour regarder par la fenêtre, Emma resta sur le lit à se mordiller l'ongle du pouce. Dans le silence de la nuit, ils entendirent soudain un pas léger approcher et s'arrêter devant leur porte juste avant que quelqu'un n'y gratte. Les jumeaux se regardèrent. Charles alla ouvrir au visiteur et se retrouva face à Mathias, souriant. Le jeune homme le laissa entrer, un peu surpris.

-       Je suis navré de vous déranger mais en fait nous entendons tout juste en-dessous, dit l'arrivant en prenant place aux côtés d'Emma. Même si vous avez été très discrets. Notre ouïe s'est développée au fur et à mesure des années. Pour résumer Eloïse et moi pouvons vous aider concernant les parents des garcons.

Emma se mordilla la lèvre. Ses doigts tambourinaient sur le duvet de son lit.

Mathias posa sa main dessus avec douceur comme pour arrêter le mouvement nerveux. La jeune fille ressentit une chaleur extrême l'envahir. Les yeux bleu-vert de leur visiteur sourirent devant le trouble évident d'Emma. Il caressa les doigts sous les siens durant quelques secondes avant de se relever pour se diriger vers la fenêtre. Les jumeaux le regardèrent, fascinés par son allure et sa présence. C'était comme observer un fauve prêt à bondir sur sa proie.

-       Comment … Emma toussota pour retrouver sa voix. Comment voulez-vous faire ?
-       Vous vous occupez des petits, Eloïse et moi des vieux. Tout simplement, répondit Mathias, plongé dans la contemplation de la lune.
-       Vous savez déjà comment ?
-       Avec délicatesse.

- 	Du poison ?
- 	Pourquoi pas … Mais j'ai une autre idée en tête.

Les jumeaux se regardèrent, intrigués. D'un commun accord ils vinrent se placer de part et d'autre de Mathias. Ce dernier leur prit la main à chacun et les porta sur son cœur. Les deux jeunes gens eurent la sensation de rentrer chez eux. Comme si cet homme était leur maître à penser. Même Emma la forte l'indépendante Emma voulut soudain se sentir protégée, guidée par la main sûre qui serrait la sienne et celle de son frère sur son cœur. Nanni avait raison ils étaient de la même famille. De la même meute.

- 	Nous allons les chasser mes petits … Mais avant tout ca Charles tu dois essayer d'endormir la méfiance des garcons. Ils sont déjà sous le charme d'Emma mais il vaudrait mieux qu'ils ne se méfient pas du tout, qu'ils en viennent meme a penser que vous êtes la proie et eux les chasseurs… murmura enfin Mathias en embrassant la main d'Emma puis celle de Charles avant de les relâcher.

Il s'éloigna de quelques pas pour sortir de la chambre quand il se retourna, la main sur la poignée de la porte.

- 	Dormez bien. Les prochains jours promettent d'être excitants, conclut-il avec un clin d'œil avant de les aisser.

Il disparut dans la nuit, tirant la porte derrière lui.

- 	Wow ! fit Charles en regardant sa sœur.
- 	Wow en effet, rit Emma. Je ne sais pas ce qui le rend aussi …
- 	Irrésistible ?

Elle rougit avant de pousser son frère vers la sortie.

- 	Tu l'as entendu. On doit se reposer ! lanca-t-elle en refermant la porte derrière lui.

L'OMBRE LUMINEUSE

Charles se dirigea vers sa chambre d'un pas dansant.

La jeune fille s'appuya quelques secondes contre la porte avant de se préparer pour la nuit. Allongée nue sur les draps de son lit elle tenta ensuite de calmer son excitation pour le lendemain. Une chasse !

En se tournant sur le côté elle se demanda quelle arme allait bien lui être attribué.

Et c'est sur l'image d'un Mathias vainqueur, un pied sur le torse d'Antoine, une arbalète à la main, qu'elle finit par s'endormir.

-	Vous habitez ici depuis quand ? demanda Jeanne en acceptant une tasse de thé.
-	Depuis notre enfance cela ne date pas d'hier, rit leur hôtesse en servant Mathieu.

Puis elle se rassit autour de la table de la salle à manger pour savourer son thé avec ses visiteurs.

-	Et vous voulez quitter cet endroit pour quelle raison ?
-	Comme vous pouvez le constater nous devenons âgés. Nous aimerions terminer nos jours dans une demeure confortable, avec quelques personnes qui pourraient prendre soin de nous et du ménage.
-	Vous avez recu une proposition d'un agent immobilier pour le rachat de votre domaine c'est bien ca ?
-	Oui oui. Ils souhaitent agrandir leur terrain pour y placer d'autres immeubles rattachés à la scierie qui se trouve un peu plus loin. C'est une très belle offre. Et comme je suis une grande passionnée de votre émission j'ai immédiatement songé à prendre contact avec votre chaîne pour nous aider. Nous sommes vieux vous savez. Nous avons bien besoin d'aide.

Emma s'interrompit pour boire une gorgée. Elle pouvait voir Jeanne prendre des notes et Mathieu grignoter les biscuits qui accompagnaient le thé. Autant le hippie ne l'effrayait pas autant la ressemblance de Jeanne avec Eloïse lui insufflait un sentiment étrange.

Jeanne termina de noter sa dernière phrase avant de fermer son carnet puis lui sourit en le déposant sur la nappe blanche et immaculée.

-       Je suis de l'ancienne école. Je préfère écrire pour mieux retenir, expliqua-t-elle à la vieille dame en face d'elle.
-       Je comprends fort bien. Il n'y a que Charles qui s'intéresse un peu à l'informatique dans cette maison. Je préfère la vieille école aussi, avoua Emma. A notre époque nous n'avions pas tout ca.

Jeanne sourit poliment.

Pourquoi cette vieille dame la regardait-elle comme si elle avait vu un fantôme ? Depuis leur arrivée le regard bleu pervenche ne la quittait quasiment jamais. C'était encore le cas maintenant. Elle déposa sa tasse et se pencha vers la vieille dame par-dessus la table.

-       Pourquoi me regardez-vous de cette manière ? demanda-t-elle carrément.

Mathieu avala son biscuit d'un coup et regarda sa collègue, surpris pas sa sortie.

La vieille dame eut la grâce de rougir. Elle toussa un peu puis croisa les mains devant elle, ses doigts frêles, parcheminés et tordus par l'âge lui renvoyaient son âge. Elle ne reconnaissait pas cette peau presque transparente. Qui lui rappelait encore et encore cette vieillesse qu'elle détestait. Elle respira profondément avant de parler.

- Je suis désolée de vous avoir importuner. Vous ressemblez de manière extraordinaire à l'une de nos amies   de jeunesse, avoua-t-elle.
- Vraiment ? Comment s'appelait-elle ?
- Eloïse. Eloïse Franchimont.

Mathieu se saisit du dernier biscuit, fasciné par la conversation entre les deux femmes. C'était comme voir deux lionnes face à face. Elles se ressemblaient, conclut-il sans un mot tout en tendant la main vers les sucreries.

Emma se rendit soudain compte que le plateau était vide. Elle se leva aussitôt tout en lissant son tablier et avant de repartir dans la cuisine. Les deux envoyés de la télévision restèrent seuls quelques instants.

- Tu la connais cette Eloïse ? demanda Mathieu.
- Non, répondit sèchement sa collègue.

Le cameraman ne dit plus rien et sourit à la vieille dame qui déposait une assiette remplie de toats devant lui.

- Plus de sucrerie j'en ai peur. Mais je pense que vous allez apprécier la recette des rillettes, c'est une vieille recette familiale, lui dit-elle.
- Je me laisse tenter immédiatement ! dit-il en prenant un des petits canapés.

Jeanne le regarda avec un peu d'agacement sur le visage. Il donnait la sensation de ne plus avoir mangé depuis des semaines ! Mais Mathieu se contenta de lui sourire en poussant l'assiette vers elle.

- Vas-y c'est delicieux ! Oublie un peu ton régime et fais honneur à notre hôtesse.

Elle hésita un court instant mais Emma semblait tellement contente de leur faire plaisir qu'elle se décida à goûter la spécialité familiale à son tour. Etonnée elle regarda la vieille dame.

-	Effectivement. Quel est donc votre secret ?
-	Oh des produits frais. Vous savez à la campagne nous sommes gâtés de ce côté-là. J'ai préparé quelques bocaux que vous pourrez prendre avec vous si vous voulez. Faire goûter vos collègues.
-	Pas question ! intervint Mathieu. Je garde votre délice pour moi.

Jeanne ne put s'empecher de sourire devant la bonne humeur de son caméraman. Elle commencait à se détendre un peu. Mathieu lui fit un clin d'œil en avalant un autre toast. La jeune femme rouvrit son carnet tandis qu'Emma reprenait place. Elle se pencha un peu vers elle, complice.

-	Dites-nous tout Emma. Que voulez-vous trouver comme maison ?

Le visage ridé de leur hôtesse se tendit autour de son sourire. Enfin. Enfin ils allaient pouvoir sortir de cette maison et retourner dans un domaine plus approprié à leurs qualités. Elle prit une grande inspiration et se lanca dans le descriptif de la demeure de leur rêve. Jeanne se mit à couvrir les pages de son carnet, visiblement enthousiaste tandis que Mathieu continuait de dévorer les toasts.

Manuel avait dû mourir la veille. Il était recroquevillé sur lui-même, sur le lit de sa cellule.

Emma ouvrit la porte et se dirigea vers le cadavre. Elle le toucha d'un doigt. Froid. Rigide. Elle regarda autour d'elle mais ne vit rien qui aurait pu attester de la folie de leur dernière victime. Decue elle fit signe a Jules de venir prendre les restes du bel homme qui avait terminé seul et aveugle au fond d'un trou sans lumière.

Le fidèle chauffeur se saisit du corps et le jeta sur son épaule comme un sac de pommes de terre. La jeune fille le suivit, intriguée.

-       Vous allez le mettre ou ? demanda-t-elle tandis qu'ils sortaient de la cellule.
-       Dans la citerne. Si on les laisse assez longtemps la peau se détache d'elle-même. Puis le corps entier se rompt en plusieurs morceaux. Nous vidons la citerne une fois par an pour récupérer les os et les faire brûler. Ce qui évite les odeurs suspectes.

Emma acquiesca tout en le suivant. Ils montèrent les escaliers pour rejoindre les ruines. Elle referma la porte derrière eux avec attention. Puis elle remit le lière devant la porte avant de courir derrière Jules qui s'éloignait à grandes enjambées vers le sommet de la citerne, dissimulée au milieu d'épais buissons.

Il laissa tomber le corps sans ménagement aucun avant de s'agenouiller pour écarter les feuilles et le faux tapis de gazon qui dissimulaient la plaque d'ouverture. Il la fit pivoter sur son axe puis tira le cadavre vers l'entrée et le laissa tomber dans l'eau claire avant de tout remettre en place. Avant de refermer les buissons il se redressa et fit signe à Emma d'approcher.

-       Il faut bien refermer la plaque sinon les odeurs de décomposition du corps pourraient attirer l'attention de promeneurs égarés dans le coin, expliqua-t-il.
-       Elle est totalement étanche alors ? demanda Emma en regardant par le couvercle vitré qui laissait passer suffisamment de lumière pour voir Manuel flotter, les bras en croix.
-       Exactement.
-       C'est génial, sourit la jeune fille en prenant le bras de Jules.
-       Madame connaît bien tout ca.
-       Je me demande comment…

-        Je pense qu'elle doit encore avoir quelques livres sur le sujet, vous devriez lui demander.

Elle hocha la tête et resta silencieuse tandis qu'il refermait les buissons avec efficacité. On ne voyait absolument rien une fois la nature remise en place.

Ils récupérèrent la voiture et prirent la route de la propriété.

Alors qu'ils approchaient ils apercurent Charles, Alexandre et Thibaut qui revenaient d'une promenade à vélo. Emma leur fit un signe de la main par la fenêtre. Les trois garcons lui rendirent son salut dans de grands éclats de rire.

Tout semblait fonctionner comme prévu.

Les deux garcons ne semblaient pas se méfier de Charles. Ils semblaient même en faire un ami. Le plan de Mathias pour les endormir fonctionnait à merveille. Le jumeau possédait un talent inné pour jouer l'idiot.
Alors que Jules tournait dans l'allée elle les vit dans le rétroviseur qui faisaient la course pour passer la grille en premier. Elle se détourna d'eux pour regarder la maison approcher. Elle ne se lasserait jamais de cette demeure. Des grandes portes-fenêtres qui donnaient sur le parc, des tourelles, de la chapelle, du parc qui l'entourait…

Jules freina doucement et elle sortit de la voiture avant qu'il ne continue sa route pour la ranger dans le grand hangar à l'arrière qui servait de garage. Elle se retourna vers l'entrée. Pas encore de trace des garcons.

Alors qu'elle rentrait dans la maison elle apercut Mathias, assis dans le salon, plongé dans la lecture d'un ouvrage imposant. Elle regarda autour d'elle et ne vit personne.

N'écoutant que son instinct, elle entra dans la pièce, refermant la porte derrière elle. Il la regarda faire sans bouger, ses yeux si attentifs posés sur elle. Emma s'appuya contre la porte quelques secondes avant de donner un tour de clé pour s'assurer qu'elle reste fermée au cas ou.

Alors seulement elle s'avanca. Elle savait qu'il n'était pas dupe, qu'il avait dû entendre la clé tourner dans la serrure. Elle le voyait à son sourire un peu narquois. Elle s'arrêta devant lui, debout. Il posa l'ouvrage sur la petite table à côté de son fauteuil puis se pencha vers elle, les coudes sur les genoux, les mains croisées entre ses jambes.

Emma avala sa salive puis tout doucement elle déboutonna son chemisier de coton blanc. Il la regarda faire, s'émerveillant de ce jeune corps qui se dévoilait à lui dans la douce chaleur de l'après-midi. Il admira les seins fermes aux tétons tendus par l'excitation. Le chemisier tomba à terre. Doucement la jupe bleue et blanche le rejoignit sur le parquet ciré.

Avec amusement il remarqua qu'elle ne portait rien en-dessous.

Elle avanca vers lui, nue dans toute la splendeur de sa jeunesse avant de s'agenouiller à ses pieds.

-	Vous pouvez faire ce que vous voulez, murmura-t-elle en passant une main un peu nerveuse dans ses cheveux dorés.
-	Tu es belle. Mais si jeune ! répondit-il en se levant brusquement.

Elle ne bougea pas. Il resta le dos tourné quelques minutes. Elle pouvait voir ses épaules se soulever au rythme de sa respiration. Il respira une dernière fois puis se retourna et revint sur ses pas. Il s'assit devant elle, les jambes en lotus.

Sa main droite effleura son épaule nue. Emma se mit à respirer plus fort. Lorsqu'il se mit à caresser ses seins elle laissa aller sa tête en arrière, étourdie. Lorsqu'il mordilla l'un de ses tétons elle gémit et agrippa la tête de Mathias pour qu'il morde plus fort. Il savait ce qu'il faisait. En une minute elle se trouva allongée sur le tapis, les jambes ouvertes, offerte à lui dans le soleil du début d'automne.

Il ne se déshabilla pas. Par contre il vint se mettre au-dessus d'elle et descendit le long du ventre plat de la jeune fille en le recouvrant de baisers. Jusqu'à arriver entre ses jambes fines.

Quand sa langue effleura le clitoris d'Emma cette dernière se mordit les lèvres jusqu'au sang. Quand il se mit à la lécher en faisant entrer sa langue par à-coups elle ne comprit pas tout de suite mais l'orgasme qui suivit la secoua toute entière, brutalement.

Essouflée elle ferma les yeux tandis qu'il se redressait, l'œil gourmand enregistrant la beauté de la jeune fille. Assis à ses côtés il la caressa de sa main gauche pour la calmer.

-        Je ne veux pas être ton premier ma chatte, dit-il avec douceur. Tu dois faire cet acte avec quelqu'un que   tu aimeras. Mais nous pouvons jouer si tu veux. Je peux t'apprendre quelques petites choses.

Les yeux bleus d'Emma s'ouvrirent et se fixèrent sur le visage plus âgé tendu vers elle.

Elle acquiesca. Elle était prête a accepter tout ce qu'il pouvait lui proposer.

Il sourit et alla ouvrir la porte tandis qu'elle se rhabillait, le rose aux joues et le regard étincelant. Il avait à peine ouvert la porte que Charles et les deux garcons rentraient de leur promenade à vélo, les cheveux en bataille. Leurs voix fortes résonnèrent dans le grand hall.

Mathias jeta un coup d'œil vers Emma. Elle était assise dans l'un des fauteuils, visiblement concentrée sur la lecture d'un ouvrage de botanique. Ou était-ce de l'architecture ? L'image de l'innocence. Secouant la tête il sortit rejoindre Eloïse qui se promenait le long de l'étang.

Charles rejoignit sa sœur, intrigué par le sourire de leur invité.

-	C'était quoi ca ? demanda-t-il en s'asseyant en face d'elle.
-	Quoi ca quoi ?
-	Attends tu ne vas pas me dire qu'il ne s'est rien passé ici quand même ?
-	Cela n'a aucune importance. Alors tu en as appris un peu sur les deux frères ?
-	Oui. Une chose intéressante. Ils sont très compétiteurs. Toujours à vouloir dépasser l'autre, être plus rapide, meilleur dans tout.
-	Ca pourrait nous servir… Dans une partie de chasse ou ils seraient les proies… ils voudront certainement se mettre des bâtons dans les roues. Ca nous facilitera la tâche.
-	Tu sais si Nanni a déjà décidé du jour ?

Emma se rabattit au fond de son fauteuil et croisa les mains.

-	Elle m'a dit demain ce matin.
-	Excellent.
-	Elle a tout organisé avec Jules, Mathias et bien sûr Eloïse.
-	Ca a l'air de t'ennuyer…
-	Un peu. J'aurais aimé qu'elle nous en parle. Mais ce n'est pas très grave.

Elle se leva et l'entraîna vers l'une des portes-fenêtres.

-	Pour te résumer le plan, souffla-t-elle dans son oreille attentive. Ce soir elle va organiser un dîner un peu spécial. Les plats de la famille seront allongés d'un somnifère. A dose différente pour qu'ils ne se doutent. Ils tomberont de sommeil l'un après l'autre sans éveiller les soupcons de ceux qui seront les derniers à tomber endormis. Une fois inconscients, Jules va

les déposer dans le bois au fond de la propriété. La chasse commencera à l'aube.
-       C'est fantastique !

Jeanne referma son carnet de notes et se tourna vers Mathieu.

-       Nous avons tout ce qu'il nous faut, dit-elle. Je pense même déjà savoir ou trouver la maison de vos rêves Emma.
-       Oh ce serait splendide, applaudit la vieille dame.
-       Je vais me renseigner pour voir si elle est toujours sur le marché. Pendant ce temps, je suppose que les promoteurs vont reprendre ou ont déjà repris contact avec vous pour votre propriété actuelle ?
-       Tout est en ordre. Ils souhaiteraient prendre possession des lieux dans un mois. Et l'argent nous a déjà été versé. Charles a vérifié sur son fameux ordinateur. Ils étaient impatients de récupérer ce bout de terrain. Nous avons deux mois pour trouver une autre propriété avant qu'ils ne nous demandent de quitter les lieux.
-       Nous n'aurons pas besoin d'autant de temps. C'est parfait. Je vous tiens au courant. Et dès que j'ai la confirmation de la disponibilité de la maison je vous appelle et nous organiserons une visite.
-       Je vous remercie. N'oubliez pas vos bocaux…

Mathieu se saisit du sien avec un sourire et tendit l'autre à Jeanne qui le mit dans son sac pour ne pas l'oublier. Puis le cameraman se tourna vers leur hôtesse.

-       Pouvons-nous prendre quelques images de vous et de la maison ? C'est pour l'émission. Une sorte d'avant après.
-       Certainement. Vous devrez nous filmer pendant la visite aussi c'est bien ca ? Ca va être très amusant.
-       Nous ne pouvons pas rencontrer votre frère aujourd'hui ? demanda soudain Tania.
-       Charles s'est absenté pour aller chercher ses journaux. Malgré son intérêt pour l'informatique il ne supporte

pas les nouveaux supports pour lire les actualités. Il lui faut ses papiers.

\-   Ah c'est dommage.

\-   Venez, sortons, que je prenne votre photo devant votre adorable perron ! s'exclama Mathieu en prenant Emma par la main.

La vieille dame se prêta au jeu. Posa devant les marches. En contemplation devant ses quelques plantes. Souriante, assise sur le banc sous la pergola… Tandis que Mathieu la mitraillait de tous les côtés, elle se souvint d'une autre séance de photos. Lointaine celle-là. Mais son souvenir brillait comme si c'était hier. La dernière soirée avant le drame.

\-   Allons allons rassemblons nous tous sur les marches. Je vais me mettre au milieu, je suis un peu encombrante ! rit Nanni en laissant Jules la pousser à l'endroit choisi. Emma, Charles de part et d'autre de moi. Eloïse à côté de Charles, Mathias à côté d'Emma. Antoine, Rose et les garcons asseyez-vous devant nous sur les marches, prenez vos aises.

En quelques minutes tout le monde fut à sa place. Jules descendit les marches du perron et se mit derrière l'appareil photo posé sur un trépier. Il fixa l'objectif sur le petit groupe posant devant lui.

Sans doute dû à un jeu de lumière on aurait dit que l'ombre engloutissait la petite famille assises sur les marches au pied des cinq autres personnes de la maisonnée. Ces derniers resplendissaient dans les derniers rayons du crépuscule. Le chauffeur frissonna et blâma le vent de ce début d'automne.

Il prit quelques clichés puis s'amusa à prendre l'assemblée en photo de manière improvisée. Une belle journée entre amis immortalisée par les photos qu'il allait développer le soir même à la demande de Nanni. Tout ceci avant d'enlever Antoine et

Rose ainsi que Alexandre et Thibaut. Leur nourriture et leur boisson allaient être droguées par sa douce épouse pour lui permettre d'effectuer son travail sans souci. Une belle soirée en perspective se dit-il en rangeant l'appareil.

Emma et Charles n'en pouvaient plus d'impatience. Ils ne souhaitaient qu'une seule chose. Etre le lendemain matin. Ils se sentaient prêts à courir durant des heures à la poursuite de leurs proies. Ils se regardèrent et reconnurent dans le regard de l'autre l'envie de tuer.

Nanni toussota pour attirer leur attentionet leur fit gentiment un petit signe de la main. Les jumeaux la rejoignirent alors que les autres convives entraient dans la grande demeure pour prendre un premier apéritif. Ils s'agenouillèrent de part et d'autre de la chaise, leurs mains posées sur les accoudoirs, leurs visages intenses tournés vers elle.

-        Je voulais juste vous prévenir que je ne prendrai pas part à la chasse demain mes petits, dit-elle. Avec ma chaise je ne peux pas me déplacer dans les bois ou elle aura lieu. Et je ne peux pas demander à Jules de me transporter toute la journée sur son dos.
-        Oh… murmura Charles, attristé.
-        Je comprends Nanni, répondit Emma.

Sa grand-mère la regarda avec un petit sourire un peu triste sur les lèvres. C'était comme si elle se trouvait face à son propre reflet. Elle secoua son chignon blanc pour évaporer sa mélancolie avant de leur tapoter la main à chacun.

-        Vous m'oublierez vite une fois dans le jeu, vous verrez. Eloïse et Mathias se réjouissent de chasser les parents. Et les deux garcons pour vous ! Quel bonheur ! Je regrette de ne plus avoir mes jambes j'aurais aimé les traquer moi-même.- Vous verrez demain les armes qui vous ont été attribuées. Tout dépendra aussi si vous voulez les achever rapidement ou faire durer le plaisir.

-        Faire durer ! s'exclamèrent-ils avec un ensemble parfait.

Nanni se mit à rire.

-        Allons rejoindre nos invités et profiter de cette dernière soirée tous ensemble. Charles peux-tu me pousser s'il te plaît ?
-        Avec plaisir !

Emma les suivit vers l'intérieur de la maison, songeuse.

Elle pensait aux armes bien sûr. Et aux lecons que Mathias lui avait promises. Ses yeux bleus remontèrent la facade jusqu'au ciel qui tournait à l'indigo. Une sensation de finalité vint s'installer sur la jeune fille. Comme si cette chasse allait être un sommet de leur existence. Comme si après cela rien ne serait jamais pareil. Elle secoua sa tête blonde et s'empressa de rejoindre les autres à l'intérieur.

Maudissant cet instinct funeste elle prit place entre Mathias et Eloïse et se fit servir une coupe de champagne. Si effectivement ce pressentiment allait se confirmer, autant profiter du moment présent. Elle se leva pour porter un toast, à la grande surprise de Charles, installé confortablement entre les deux garcons un peu déconfits. Ils auraient préféré encadrer Emma comme la veille.

-        Je voudrais porter un toast à notre grand-mère, proposa Emma en levant sa coupe un peu maladroitement. Elle nous a accueillis Charles et moi alors que nous avions tout perdu. Notre mère, notre père … Elle a pris soin de nous. Elle nous a appris tellement de choses que je ne saurais ou commencer. A Nanni, à notre grand-mère, à notre mentor.
-        A Nanni ! répondit Charles en se levant d'un bond.

Les autres convives l'imitèrent dans un joyeux brouhaha puis tous se tournèrent vers la vieille dame, rougissante sous son chignon blanc. Elle leva sa coupe à son tour et prit une gorgée, imitée par tous. Mais elle sentit à nouveau un pressentiment l'envahir.

Elle se sentait doucement poussée de côté. Sa place centrale revenait à sa petite-fille ce soir. Elle ne dit rien et sourit à Rose qui la remerciait pour leur séjour et ses magnifiques soirées. Elle se sentait engourdie comme si tout ce qui arrivait avait déjà été écrit il y a bien longtemps.

Mathias se pencha vers Emma alors qu'ils se rasseyaient.

-		Bravo mademoiselle, vous avez effectué votre première action de femme de maison, lui glissa-t-il avant de reprendre une gorgée de champagne.

Emma le regarda un peu surprise. Il ne rajouta rien d'autre et continua à savourer le repas, tout en gardant un œil plus qu'attentif sur Antoine et Rose. La jeune fille suivit son exemple. Le couple prenait visiblement beaucoup de plaisir à manger les mets fins préparés par l'épouse de Jules.

Annie y avait mis tout son talent. Un peu comme le dernier repas d'un condamné à mort en somme. Avec en plus quelques gouttes de somnifère pour leurs quatre proies. Emma termina sa salade et son entrecôte en essayant de ne pas trop regarder les deux garcons assis de part et d'autre de Charles. Ils profitaient bien du repas aussi visiblement. Plus aucun morceau de pain ne trainait dans le panier à posé devant eux. Qu'ils en profitent.

Ils riaient beaucoup avec Charles qui visiblement s'amusait aussi. Connaissant son frère, Emma comprit vite qu'il souhaitait tout simplement jouer avec ses futures victimes comme un chat avec des souris. Il les servait et les resservait de champagne, les faisait rire avec des blagues légères… un vrai spectacle à lui tout seul.

Les tout derniers rayons du soleil entraient par les porte-fenêtres, tapissant toute la salle à manger de tons rouges et orangés. Les chandeliers de la table furent allumés par Annie et Jules, tout en discrètion. Le dîner se transformait en dernier repas et les quatre principaux intéressés étaient les seuls à ne pas s'en rendre compte.

Alors que Jules annoncait que les photos avaient été développées et pourraient être vues dès le lendemain matin si ils le souhaitaient, Rose essayait de cacher un bâillement derrière sa main avec délicatesse. Elle se sentait épuisée et la soirée ne faisait que commencer. A son grand désarroi. Elle cligna des yeux quelques fois pour essayer de se réveiller mais rien n'y fit. Une torpeur s'emparait d'elle qu'elle mit sur le compte de la journée passée au grand air. Elle recula sa chaise et se leva lentement. Les convives se tournèrent vers elle et elle sourit pour s'excuser.

-       Je suis navrée je suis épuisée. Je m'effondre dans mon assiette – Je pense que je vais aller dormir, excusez-moi, expliqua-t-elle d'une voix douce.
-       Certainement !
-       Ne vous inquiétez pas !
-       Allez-y ma chère.
-       Nous ne vous en voudrons absolument pas …

Les exclamations fusaient.

-       Chérie ? demanda doucement Antoine en lui prenant la main.
-       Ne t'inquiète pas. Je suis seulement fatiguée par notre journée au grand air, répondit-elle en lui souriant avant de quitter la pièce pour monter dans sa chambre.
-       Excusez-la. Nous n'avons pas trop l'habitude du grand air à Paris, dit-il. D'ailleurs je me sens un peu fatigué également. Pauvres citadins que nous sommes, assommés par la pureté de l'air.

Tous éclatèrent de rire avant d'admirer le dessert, une pièce montée entièrement faite de choux et construite par leur chère Annie. Antoine se redressa sur sa chaise et carra ses éapules contre le dossier. Il ne voulait pas montrer que lui aussi aurait voulu partir se reposer.

Mais en voyant ses deux fils s'amuser comme il les avait rarement vus, il se mordit la langue pour reprendre ses esprits et avanca son assiette pour le dessert.

Eloïse et Emma échangèrent un regard. Décidément il avait du coffre l'Antoine. Il faisait totalement sombre à l'extérieur à présent. Seuls les chandeliers éclairaient la table, comme une île de lumière perdue au centre d'un trou noir.

Charles sentit plus qu'il ne vit Alexandre se mettre à bâiller régulièrement. Thibaut le suivit de près. Il regarda Antoine. Le père s'était enfoncé dans sa chaise et avait fermé les yeux.

-	Regarde le père ! s'exclama Alexandre en se penchant sur la table. Et il avait peur que nous soyons les premiers à piquer du nez.
-	Je suis un peu fatigué aussi, admit Thibaut en s'étirant longuement.
-	Moi aussi mais là on a gagné. Papa n'a pas tenu le choc alors que nous oui.

Ils se mirent à rire. Ils ne se rendaient absolulement pas compte que le silence avait envahi le reste de la tablée.

Charles se contenta de prendre encore un chou de la pièce montée tandis que les deux frères continuaient de se féliciter l'un l'autre.

Le jumeau jeta un œil sur sa montre. Encore une petite demi-heure de patience et le jeu allait pouvoir commencer…

Jeanne les rappela dès le lendemain matin. Ce fut Charles qui prit l'appel alors qu'Emma préparait le petit déjeuner.

L'OMBRE LUMINEUSE

-       Bonjour Charles, Jeanne à l'appareil.
-       Bonjour ! Alors vous avez déjà des nouvelles pour nous ?

La journaliste sourit à la voix grave et au ton direct du vieux monsieur.

-       En effet. J'aime la manière dont vous y allez franco Charles.
-       C'est une de mes qualités.

Entendant son frère Emma leva les yeux au ciel avant de poser le café sur la table. Il n'avait jamais pu s'empêcher de flirter avec chaque femme qu'il croisait. Mais elle souriait en allant chercher le pain et les confitures. Le soleil éclairait la petite salle à manger de ses premiers rayons. Elle pouvait entendre le chant des oiseaux. Une belle journée.

-       La maison dont j'ai parlé à Emma est toujours sur le marché. Elle se trouve dans un village situé à une cinquantaine de kilomètres d'où vous vous trouvez. Elle possède un lac. Un bois … Bref tout ce qu'Emma souhaitait trouver. Je pense qu'elle est juste parfaite pour vous.
-       Mais c'est magnifique ! Vous êtes une véritable magicienne !

Charles leva la main, le pouce levé, pour qu'Emma puisse comprendre ce qui se passait. La vieille dame s'assit, une main sur le cœur.

-       Nous pouvons la visiter demain. Je passerai vous prendre. Je pense que vous allez adorer cet endroit.
-       Quelque chose me dit que vous avez raison Jeanne. Merci beaucoup.
-       Mathieu sera présent également. Nous devons enregistrer pour l'émission.
-       Oui oui bien entendu. Quelle chance nous avons.
-       Nous passerons vous prendre vers neuf heures demain matin. Cela vous convient-il ?

-        Parfait. Vous savez à nos âges nous n'avons plus beaucoup d'activités. Nous sommes impatients de vous voir et de visiter notre future demeure. Merci encore.

-        Ne me remerciez pas ce fut un plaisir. A demain donc.

-        A demain. Bonne journée !!

Il rejoignit sa sœur et se saisit d'un morceau de baguette qu'il s'empressa de recouvrir de confiture maison.

-        C'est fantastique ! murmura Emma en prenant son café.

-        Tu te rends compte ? Tout se passe comme sur des roulettes. Quelle bonne idée tu as eue de les contacter.

-        Merci. Et heureusement que tu as réussi à tout nettoyer aussi rapidement.

-        J'ai eu de bons professeurs, sourit Charles en mordant dans son morceau de pain avec appétit.

-        Et la dernière ? Y a-t-il encore une chance que je puisse retirer ce qui m'intéresse.

Il secoua la tête, un peu gêné.

-        Morte de ses blessures. Je l'ai retrouvée exsangue. Ma faute … je ne me suis pas occupée d'elle correctement. Je suis désolé pour ta collection. Je me suis débarassé du corps dans la broyeuse. Je pense même que tu as déjà utilisé un petit peu d'elle dans tes bocaux de rillettes.

-        Très bien. Tant qu'il n'y a plus de trace il n'y a aucun souci. Je suis au bout des restes donc tout va bien. Les deux journalistes sont chacun parti avec un bocal… et je crois que Mathieu m'en demandera encore demain.

-        Un produit local gratuit et delicieux ca ne se refuse pas.

-        Je pense que nous allons faire un feu ce soir… pour se débarasser des vieilleries dans la cave comme les vêtements … j'en profiterai pour jeter le tout dans les flammes.

-        Dommage. Elle était belle ta collection.

-        Je recommencerai, sourit Emma en lui tapotant la main.

-        Oui mais tes tous premiers …

-	Ils doivent disparaître. Elle serait la première à le conseiller.
-	Oui tu as raison.
-	De toute facon je me rappellerai comment je me les suis procurés jusqu'à la fin de ma vie.

Charles acquiesca.

-	Ce fut une belle nuit … et la journée qui suivit … inoubliable, dit-il.
-	Parce que c'était la dernière, soupira Emma.
-	C'était dans l'ordre des choses. Et c'est ce qui nous a permis de vivre ensuite en nous concentrant sur notre oeuvre…
-	Drôle d'héritage quand même.
-	Sans doute mais je suis certain qu'elle a apprécié de partir comme ca.

Charles se leva de table pour continuer à emballer leurs affaires.

Emma commenca à débarasser et laissa son esprit vagabonder. Tout lui revenait comme si c'était hier.

Alexandre fut le dernier à s'écrouler, enfin terrassé après le troisième somnifère servi dans son verre de champagne.

Thibaut ronflait la joue sur l'épaule de Charles depuis dix bonnes minutes déjà quand la tête de son frère tomba sur la table de la salle à manger avec un bruit sourd.

Le reste des convives applaudit sans même se concerter, ravi du jeu qui allait enfin pouvoir commencer.

Comme planifié, Jules vint prendre les corps inertes du père et des deux fils pour les amener auprès de leur mère qui reposait déjà dans la camionnette qu'il utilisait pour faire les travaux de jardin et de bricolage.

-       Prenez donc un petit café avant de commencer la chasse, proposa Nanny en faisant aller sa petite cloche pour appeler Annie et lui demander d'amener le café.

Emma salua l'organisation de sa grand-mère. Elle sirota son café, écoutant avec un sourire Charles qui demandait de quelles armes ils allaient pouvoir disposer.

-       Mathias et Eloïse étant des chasseurs confirmés, je propose de leur donner à chacun une arbalète, dit Nanny.
-       Quelle excellente idée ! s'exclama Eloïse en prenant une praline. Cela fait une éternité que je ne me suis plus amusée avec ce genre d'objet.
-       Essaie de ne pas trop perdre de carreaux ma douce, lui glissa Mathias.
-       C'est vrai que la dernière fois je ne me suis pas illustrée par la précision de mon tir.
-       Nous avons dû nous y reprendre à quatre fois. La pauvre fille ne savait plus ou donner de la tête.
-       N'exagérons rien tout de même !
-       Je parlais de la proie darling pas de toi !
-       Alors c'était au sens propre comme au figuré.

Ils se mirent à rire.

Les ombres provoquées par les bougies semblaient prises d'une danse frénétique. Emma frissonna. Comme si les âmes de leurs victimes dansaient autour d'eux, noires comme de la suie, pensa-t-elle.

-       Nous sommes uniques, nous sommes liés par le sang des autres, nous sommes la meute revenue des temps passés, murmura Mathias à côté d'elle.
-       Nous sommes uniques, nous sommes liés par le sang des autres, nous sommes la meute revenue des temps passés, reprirent Nanni et Eloïse.

Les jumeaux répétèrent les mots à leur tour.

-        Nous sommes uniques, nous sommes liés par le sang des autres, nous sommes la meute revenue des temps passés …
-        A la chasse ! s'exclama soudain leur grand-mère en levant sa tasse.
-        A la chasse ! répondirent-ils tous en l'imitant.

Jules apparut dans l'embrasure de la porte.

-        Tout est prêt madame, annonca-t-il. Les armes choisies sont déposées dans le coffre de la voiture de Mr
Mathias. Mademoiselle Emma et Monsieur Charles auront chacun un fusil.
-        Plus facile pour atteindre la cible les premières fois, dit Eloïse avec un clin d'œil vers sa voisine.

Emma acquiesca. Elle n'avait jamais tenu d'arme de sa vie et savait que Charles non plus. La seule expérience qu'elle pouvait avoir venait de ses lectures. Quand elle regarda son frère et qu'elle vit ses yeux pétiller d'excitation elle finit par croire au jeu.

Après tout autant s'amuser un peu avant de mettre son autre idée à exécution. Ils se levèrent tous les quatre de table et chacun à leur tour allèrent saluer la vieille dame. Quand ce fut le tour d'Emma Nanni la retint d'une main de fer accrochée à son poignet.

-        Allez-y je vous la rends dans quelques minutes, lança sa grand-mère aux autres.

Charles hésita un court instant puis sur un signe de tête de sa sœur suivit les autres à l'extérieur. Nanni tira sur le poignet de la jeune fille pour la rapprocher d'elle.

-        Je sais ce que tu veux faire, jeune fille.

-       Nanni ?
-       Allons ne joue pas à ca avec moi veux-tu. Un peu de respect au moins pour cette vielle chose devant toi. Comment comptes-tu t'y prendre ?
-       Je … Je ne comprends pas.
-       Pour me tuer. Comment comptes-tu t'y prendre ?

Emma laissa échapper un soupir de frustration. Elle n'avait visiblement pas assez bien caché son jeu.

-       Je comptais vous étouffer durant votre sommeil pendant que tous seraient occupés à la chasse, finit-elle par avouer, dépitée.
-       Avec mon oreiller …. Cela ne laisserait aucune trace et vu mon grand âge … tous penseront que je suis morte dans mon sommeil.
-       Nanni.
-       Oh tais-toi petite idiote. Je ne demande pas mieux. C'est une bonne idée.

Sa petite-fille se redressa, surprise. Nanni lacha son poignet et fit tourner sa chaise vers la cheminée pour plonger le regard dans les flammes qu'Annie avait attisées à la fin du repas pour chasser l'humidité qui commencait à envelopper la maison. L'automne était à la porte.

-       Regarde-moi Emma. Je suis une épave. Un vieux paquebot échoué au fond d'une chaise. Je ne peux même pas me joindre à vous ce soir. Un poids, voilà ce que je suis. Dès que je t'ai vue j'ai tout de suite compris. Tu étais là pour moi. Pour me donner une porte de sortie. Pour prendre ma place aussi. Tu me ressembles tellement… et tu n'en as pas conscience.
-       Nanni …
-       Oh je sais que tu n'y as pas pensé tout de suite. Mais l'idée a dû te traverser l'esprit très rapidement. Je dirais même juste après votre premier acte. La coiffeuse tu t'en souviens ?

Quelques images passèrent devant les yeux de la jeune fille. Les seins lourds, les hurlements, les cheveux sombres … Comment pourrait-elle jamais oublier. Et Nanni avait raison. C'était le lendemain matin que l'idée de supprimer sa grand-mère lui était venue.

-        Oui.
-        Bien. Voici ce que je te propose. Profite de la chasse, amusez-vous tous. Jules s'occupera de tout une fois que vous aurez abattus ces gens inutiles. Une fois de retour ici tu monteras dans ma chambre. Je te laisserai faire. Je pense que je vais même prendre un somnifère.

Emma avala sa salive. Sa grand-mère lui tournait le dos, toujours en contemplation devant les flammes. La jeune fille se redressa puis se pencha sur elle par l'arrière pour l'embrasser sur la joue avant de tourner les talons pour rejoindre les autres.

Nanny leva la main et caressa l'endroit ou elle avait déposé son baiser. Le sourire qui vint aux lèvres de la vieille dame la rajeunissait à la lueur douce du feu. Un court instant elle ressembla à Emma. Une Emma marquée par les ans, mais toujours belle sous son maquillage poudré. Soulagée elle se laissa aller à une douce rêverie tandis qu'elle entendait le moteur de la camionnette se mettre en route, bientôt suivi du moteur de la voiture de Mathias.

Dans quelques heures tout serait enfin terminé. Elle ferma les yeux, s'imaginant courir dans les bois comme les quatre chasseurs allaient pouvoir faire dans quelques minutes à peine. Et des larmes de frustration se mirent à couler le long des joues parcheminées par les ans…

****

La lune éclairait la forêt de sa lumière glacée et précise. On y voyait presque comme en plein jour. La camionnette avait pris un peu d'avance pour permettre au chauffeur de mieux dissimuler les proies. La forêt au bout du domaine s'étalait sur près de 10 kilomètres carrés. De quoi pouvoir s'amuser durant quelques heures. La route se transformait en sentier à l'orée du bois. La camionnette disparut sous le couvert des arbres touffus.

La voiture de Mathias s'arrêta durant une bonne demi-heure, laissant ainsi le temps à l'homme de main de préparer le terrain.

Jules freina doucement en approchant de la première trouée dans les arbres. Il arrêta le moteur et passa à l'arrière du véhicule. En poussant quelques soupirs sous l'effort il commença par sortir les deux corps inertes des deux frères. Ensuite il alla les déposer au creux de la clairière. Il les déshabilla rapidement et jeta leurs vêtements au fond de la camionette.

Ils seraient redistribués pour les pauvres de la paroisse. Tout comme le reste de leurs affaires. Jules remonta dans son véhicule et reprit la route pour aller dissimuler les parents. Ces derniers étant chassés par des membres confirmés il fallait leur trouver une excellente cachette. Il s'enfonca plus loin dans la forêt.

Mathias freina avec douceur à la lisière des arbres. Les quatre chasseurs semblaient tous plongés dans leurs pensées. Sortant de la voiture, il alla ouvrir le coffre et agrippa son arbalète avant d'enfiler les bottes de marche mises à sa disposition. Eloïse l'imita avant de donner leurs bottes aux jumeaux.

-       Plus facile pour se déplacer que des escarpins ou des mocassins, chuchota-t-elle en prenant son arme dans le coffre de la voiture. Nous nous séparons à présent. Un petit conseil. Ne tirez qu'à vue. Inutile de gaspiller des munitions ou de faire trop de bruit.

Les deux jeunes gens acquiescèrent sans dire un mot tout en mettant leurs bottes tandis que Mathias et Eloïse disparaissaient sous l'osbcurité des arbres, silencieux comme des félins.

Charles regarda les fusils qui reposaient au fond du coffre. Il en saisit un et le regarda de haut en bas.

-        On fait comment pour le charger ? demanda-t-il.

Emma se saisit de son propre fusil et lui indiqua ou mettre les balles et comment refermer l'arme en quelques gestes précis.

-        Ou as-tu appris ca ? s'exclama son frère en imitant ses gestes.
-        J'ai lu, sourit-elle en posant l'arme au creux de son bras avant de se diriger à son tour vers la forêt.

Charles secoua la tête et lui emboîta le pas. Il jeta un dernier regard vers la lune et s'enfonca dans la nuit. Emma marchait devant d'un bon pas. Il dut accélérer un peu pour la rejoindre.

-        Comment tu sais ou aller ? chuchota-t-il
-        Je suis juste les traces de la camionnette, répondit-elle sur le même ton.
-        Ah ouais idiot que je suis.
-        A mon avis ils dormiront encore. Il faudrait se cacher et les observer un peu avant de nous mettre à les poursuivre.
-        Je suis d'accord.

Emma sourit et ils continuèrent leur chemin en silence. La lune éclairait de temps en temps leurs pas à travers le feuillage. Bientôt ils arrivèrent dans la clairière ou reposaient les deux garcons. Charles arrêta Emma d'une main sur son avant-bras. Il lanca son menton en avant. La jeune fille plissa un peu les yeux et apercut les deux corps couchés l'un a cote de l'autre, totalement nus. Elle se mordilla les lèvres et fut tentée de prendre son fusil et de les abattre sur place. Mais cela aurait été trop facile. Charles s'agenouilla derrière un buisson et lui fit signe de l'imiter.

-        Comme on a dit … autant ne pas se montrer tout de suite, lui glissa-t-il.

Elle s'assit élégamment à ses côtés. Et ils commencèrent leur veille. D'un accord tacite ils dormirent à tour de rôle, appuyés l'un contre l'autre. C'était le tour de Charles quand il remarqua qu'Alexandre commencait à se redresser. Il caressa gentiment les cheveux d'Emma pour la reveiller sans bruit.

- Chut chut ils se réveillent, dit-il dans un murmure.

Emma se redressa prudemment et regarda vers leurs deux proies. Alexandre avait réussi à s'asseoir et venait de se rendre compte qu'il ne portait plus aucun vêtement. Elle pouvait voir ses yeux s'agrandir de surprise puis faire le tour de la clairière avant de tomber sur son frère, toujours endormi. Il le secoua pour le faire réagir. Thibaut s'étira comme s'il se réveillait dans son lit mais cela ne dura pas. Il se dressa soudain comme un i.

- Merde ! s'exclama-t-il dans le silence de la forêt. Qu'est-ce qui se passe ?
- Je n'en sais rien. Je viens de me réveiller. Je ne comprends rien, répondit son frère.

Charles se pencha vers Emma.

- Si on les aidait à comprendre en tirant juste une seule fois ? demanda-t-il.
- Histoire de les faire courir … termina sa sœur. Oui. A toi l'honneur !

Le coup de feu résonna dans la forêt. Alexandre et Thibaut se jettèrent au sol, apeurés. La balle s'était enfoncée dans le tronc juste au-dessus d'eux. Les frères se regardèrent avant de se lever et de se mettre à courir. Emma et Charles bondirent aussitôt à leur poursuite.

Désorientés, totalement paniqués, les deux frères se mirent à courir instinctivement en zig zag, essayant d'échapper à leurs poursuivants. Les jumeaux eux se contentaient de marcher d'un bon pas – tirant une fois encore pour les faire accélérer. Les quatre antagonistes quittèrent la clairière pour se perdre dans l'obscurité des bois.

Un peu derrière son frère, Thibaut glissa et tomba lourdement dans une ornière. Alexandre ralentit un court instant en tournant la tête vers lui quand il l'entendit crier. Mais voyant les deux ombres surgir des buissons derrière lui, il reprit sa course, laissant son jeune frère s'enfoncer dans l'ornière.

Thibaut regarda leurs poursuivants approcher, incapable de bouger, le bas de ses jambes capturé par la boue.

Les silhouettes se faisaient plus nettes à la lumière de la lune qui commencait à passer entre les feuillages au-dessus de lui. Il les reconnut avec stupeur.

-	Em… Emma ? Charles ? Mais…

Il hésitait entre rire ou pleurer. C'était un jeu ? Sûrement un jeu ? Il tendit une main vers eux pour qu'ils l'aident à sortir de l'ornière. Ses chevilles étaient emprisonnées dans la boue. Il ne pouvait prendre appui sur rien. Seule une aide extérieure le tirerait de ce piège.

Mais les jumeaux le regardaient sans bouger, la déception sur leurs beaux visages. Emma se tourna vers Charles.

-	Dommage. J'aurais préféré l'abattre.
-	En même temps une proie piégée ne va pas loin. Tu pourras toujours le faire.
-	On le laisse là ?
-	Le temps de capturer l'autre.

D'un même mouvement fluide, ils lui tournèrent le dos et repartirent derrière Alexandre, le laissant aux prises avec la boue qui l'aspirait lentement. Le jeune garcon comprit d'un coup l'horreur de sa situation dès qu'ils eurent disparu derrière son frère.

Il se mit à hurler pour appeler a l'aide. Sa voix se mourait dans le feuillage des arbres centenaires qui montaient la garde autour de son drame.

Emma et Charles ne firent pas attention à ses cris, tous leurs sens focalisés vers leur seconde victime.

Devant eux Alexandre courait toujours avec force, se griffant aux branches basses, traversant les buissons sans prendre garde aux lambeaux de chair qu'il laissait derrère lui. Les derniers hurlements de Thibaut retentissaient encore dans ses oreilles.

Il jetait des regards de gauche à droite, cherchant un endroit ou se terrer, reprendre son souffle. Mais ses poursuivants ne ralentiraient pas une seconde. Il se savait la victime. Mais il ne se laisserait pas faire facilement.

Le jeune homme avait les poumons en feu mais la peur panique qui l'habitait le soutenait dans sa course. Il sortit soudain de la forêt et se retrouva dans une autre clairière. Ou était-ce la même ? Il courut derrière un arbre et s'arrêta pour reprendre son souffle.

Les jumeaux s'arrêtèrent à la bordure de la trouée, chacun le fusil à la main. A quelques secondes à peine de leur proie, ils avaient repéré l'arbre derrière lequel se dissimulait Alexandre au moment ou il s'y cachait. Charles fit signe à sa sœur de prendre à droite tandis qu'il prendrait vers la gauche. Lentement, aussi silencieux et rapides que leurs aînés une heure plus tôt, ils se rapprochèrent de leur proie au pas de course.

Alexandre mit une main devant sa bouche pour éviter de respirer trop fort. Il avait la sensation que son cœur allait sortir de sa poitrine. Tout lui faisait mal. La culpabilité d'avoir abandonné son frère commencait à le tenailler. Il fallait qu'il se remette à courir, il le fallait. Il prit une profonde respiration pour essayer de calmer son rythme cardiaque. Il allait repartir quand la gueule de deux fusils lui fit face. Il leva les mains, le souffle toujours court, son corps nu luisant de sueur sous la lune. Il vit les visages ravis de l'autre côté des armes et pâlit.

-        Mais… je ne comprends pas. Que faites-vous ? Pourquoi ?
-        Oh Alexandre, sourit Emma en se rapprochant de lui.

Malgré sa peur une partie de lui continuait à avoir envie d'elle.

A sa grande horreur il sentit son sexe se dresser vers la jeune fille, dressée tellement belle devant lui, ses cheveux blonds en bataille, le souffle rendu un peu court par la course. Ses seins se soulevaient rapidement pour reprendre une respiration plus calme. Elle sourit en s'approchant encore et toucha l'organe tendu du bout de sa main gantée. Alexandre gémit. Elle lui caressa le torse, s'attarda sur le bas de son ventre. Puis elle s'approcha de lui et l'embrassa dans le cou. Il frissonna. Elle se pencha pour lui murmurer à l'oreille.

-        Tu ressembleras à tout jamais à une statue dans ma mémoire… entendit-il avant qu'elle ne se retire, non sans avoir caressé son sexe une dernière fois.
Totalement perdu, les yeux mouillés, prêt à jouir il la vit faire un signe de tête à son frère. Ce dernier épaula son fusil, visa posément…

*****

Le coup de feu interrompit puis fit repartir de plus belle les hurlements de Thibaut. Il s'agrippait aux côtés de l'ornière boueuse. Il était enfoncé jusqu'à mi-cuisses. Les mouvements de ses bras le firent encore descendre de quelques centimètres. Il se força à rester immobile, planté dans la boue. Ses hurlements moururent dans le fond de sa gorge. Ils allaient revenir. Le sortir de ce piège. Le ramener à la demeure de leur grand-mère et ils allaient lui avouer que c'était une mauvaise blague. Juste une mauvaise blague. Que le coup de feu n'était qu'une plaisanterie et ils riaient avec Alexandre en ce moment même. Ils allaient bientôt venir le chercher.

Il regarda vers le sommet des arbres. La lune commencait à descendre derrière leur feuillage. Il fut pris d'un frisson. L'obscurité envahissait le piège qui le tenait prisonnier. Il se sentit seul, perdu et surtout en danger. L'ornière se faisait de plus en plus profonde. Il ne pouvait plus voir que les brins d'herbe à la surface le long des bords. Et il ne pouvait plus les atteindre. Il essaya de se réchauffer en se frottant les bras. Il se demanda ou étaient ses parents. Et ce coup de feu ? Alexandre ?

Soudain il entendit des bruits dans les buissons autour de lui. Il resta silencieux. La tête de Charles apparut au bord de l'ornière, bientôt suivie de celle d'Emma. A sa grande horreur chacun avait des marques sanglantes sur le visage, comme s'ils portaient des peintures de guerre. Emma se mit à rire en s'agenouillant.

-	Oui je sais ca fait un peu grand guignol. Mais nous n'avons pas pu résister. Il parait que c'est ce que les chasseurs font quand ils tuent leur première proie, dit –elle de sa voix douce.

Thibaut les regardait avec horreur. Charles s'accroupit aux côtés de sa sœur.

-	Tu as compris maintenant ? demanda-t-il d'une voix tout aussi douce que celle de sa jumelle.
-	Nous… articula Thibaut avec difficulté. Vous nous chassez ?
-	On a un gagnant !! s'exclama Emma. Bravo Thibaut. Pour la peine nous n'allons pas te tuer comme ton frère.
-	Mais nous devons te tuer tout de même.

Les yeux du jeune garcon s'agrandirent. Charles regarda Emma.

- 	Je pense qu'il a compris, dit-il.
- 	Tu crois ?
- 	Thibaut … que penses-tu que nous allons faire ?
- 	Vous … vous voulez me laisser ici ? gémit leur victime alors qu'il sentait la boue commencer à pénétrer dans des endroits inavouables de son intimité.
- 	Il a compris, reconnut Emma.

Les jumeaux se relevèrent. Terrifiants de beauté et de cruauté. Thibaut sentit un hurlement monter en lui, depuis ses tripes. Quand ils se détournèrent pour le laisser à son sort le hurlement sortit, semblable à celui d'un loup pris au piège. Il les rappela, reessaya de s'agripper aux bords boueux. Sa panique l'aveuglait. Il s'enfonca brutalement jusqu'à la taille.

- 	Pitié je vous en supplie pitié. Ne me laissez pas mourir comme ca. Tuez-moi !! TUEZ-MOI !! hurla-t-il du fond de sa tombe.

Charles et Emma revinrent sur leurs pas. Il s'était encore enfoncé. A présent la boue lui montait jusque sous les aisselles. Il essayait de garder les bras levés pour échapper à la terre qui l'aspirait sans pitié. Les jumeaux s'assirent au bord. Thibaut eut soudain l'espoir qu'ils lui viennent en aide malgré tout. Mais à sa grande horreur ils ne firent rien de la sorte.

- 	En fait on peut aussi bien attendre ici que près de la voiture… dit Emma. C'est moins ennuyeux.
- 	De toute facon Eloïse et Mathias ne vont pas tarder à ramener les carcasses de ses parents. Et nous pouvons facilement indiquer à Jules ou se trouve Alexandre.
- 	Très vrai.

Ils continuèrent de parler alors que leur seconde victime de la nuit s'enfoncait dans la terre de minute en minute. Thibaut ne pouvait plus tenir les bras levés il les laissa reposer sur la boue qui les avala comme une bouche gloutonne. Il pleurait sans meme s'en rendre compte. Ses larmes coulaient le long de ses joues pour mourir dans la terre détrempée. Il sentait la boue approcher de son menton. Et les deux monstres continuaient de discuter devant lui, profitant du spectacle. Lorsque la boue approcha de ses lèvres il leva la tête dans un geste de survie. Et vit approcher deux autres ombres. Eloïse et Mathias. Ces derniers semblaient traîner quelque chose derrière eux. Alors que la boue lui rentrait dans les oreilles, il les vit s'accroupir autour de sa tombe et il entendit Eloïse éclater de rire. Mathias se pencha vers lui et tira quelque chose vers l'avant. Alors que la boue lui entrait dans le nez et qu'il commencait à l'avaler il reconnut le visage de sa mère… et la tête détachée du corps.

Les quatre chasseurs le regardèrent hoqueter une fois …encore une autre puis, fascinés, virent la boue terminer d'avaler le jeune garcon avec douceur. Les deux aînés se tournèrent vers les cadets et se mirent à applaudir.

-	Bravo les enfants !! Quelle maîtrise ! les félicita Mathias en embrassant Emma à pleine bouche.

Cette dernière lui rendit son baiser avec férocité sous les yeux malicieux d'Eloïse.

Charles quant à lui regardait la tête de Rose, impressionné par le travail effectué. Il apercut le corps de la femme un peu plus loin, transpercé de carreaux d'arbalète. Il sentit le parfum léger d'Eloïse avant même qu'elle ne lui prenne la main.

-	Je ne suis décidément pas douée, susurra-t-elle à son oreille. Mathias par contre …
-	Un seul carreau dans le crâne – hop, rit l'intéressé en embrassant Emma dans le cou pour la faire rougir.
-	Je pense que Jules doit nous attendre, dit Charles, un peu gêné par les démonstrations de leur aîné et la réaction d'Emma qui se laissait faire, abandonnée dans ses bras.

L'OMBRE LUMINEUSE

-       Tu as raison Charles. Allons Mathias, lâche-la un
peu. Tu vois bien que tu mets son frère mal à l'aise.

Ils s'éloignèrent de la tombe de Thibaut sans un regard en
arrière, traînant les corps des parents et se félicitant d'une belle
nuit. Au fond de la forêt, le front troué par la balle de Charles,
dernier témoin muet des événements de la nuit, reposait
Alexandre, couché sur le sol comme s'il dormait, ses yeux morts
tournés vers le ciel qui commencait à pâlir pour accueillir la
nouvelle aurore …

*****

L'aube embrassait la grande demeure quand les quatre chasseurs
revinrent de leur excursion. Eloïse et Mathias avaient eu un peu
de mal à laisser ce qu'ils appelaient les carcasses derrière
eux. Ils avaient expliqué aux jumeaux qu'ils aimaient conserver
des trophées de leurs chasses autour du monde.

D'ailleurs il fallait absolument qu'ils viennent leur rendre
visite. Ils pourraient leur montrer leur domaine. Un peu
semblable à celui de Nanni mais en plus petit. Emma et Charles
avaient accepté avec plaisir.

La jeune fille sentit son estomac se nouer quand ils approchèrent
de la maison. Elle reposait encore, volets clos, enfouie dans la
nuit. Nanni devait encore dormir. Elle se demanda si elle avait
pris un somnifère comme elle le lui avait annoncé avant le départ
pour la chasse. Ils descendirent tous les quatre de voiture et se
souhaitèrent une bonne nuit. Mathias fit un clin d'œil à Emma et
elle devina qu'elle pourrait les rejoindre si elle le souhaitait. Elle
eut un léger hochement de tête. Ils s'éloignèrent bras dessus bras
dessous, les mains de Mathias se posant à certains endroits
d'Eloïse qui lui fit accélérer le pas.

Charles lui prit la main et ils montèrent derrière eux. Puis il
l'embrassa doucement sur la joue et se retira dans sa
chambre. Emma poussa la porte de la sienne et alla s'asseoir sur

son lit, le regard fixé sur les nuages rougissants au soleil qui commencait à s'étirer.

Elle ôta ses bottes avec lassitude. Elle savait que sa grand-mère comptait sur elle. Un moment elle se demanda même si elle allait être capable de réaliser son souhait.

Elle poussa un profond soupir, ferma les yeux un court instant pour rassembler son courage… puis ouvrit la porte de sa chambre.

Elle jeta un coup d'œil vers la droite puis la gauche. La grande maison était totalement silencieuse. Elle pouvait juste entendre les gémissements d'Eloïse sous sa chambre. La chasse les a vraiment excités, songea-t-elle en refermant tout doucement la porte. A pas de loup, elle descendit le grand escalier. Passa comme une ombre dans le magnifique hall d'entrée. Traversa la grande salle à manger. Se faufila dans les appartements privés de sa grand-mère sans rien entendre d'autre que sa propre respiration. Elle s'appuya contre le mur de la première pièce. Un petit salon peint et ameublé dans les tons roses poudrés. Elle respira l'air parfumé par les roses blanches posées sur un guéridon. Il faisait frais dans la pièce. Agréable. Elle faillit faire demi-tour pour regagner la sécurité de son lit ou la distraction des bras d'Eloïse et de Mathias. Ses pieds la poussaient à quitter la pièce mais sa volonté la fit avancer vers la dernière porte du rez-de-chaussée, vers la chambre ou se reposait sa victime aimée.

Elle se glissa souplement dans la pièce avant de refermer la porte derrière elle. Quelque part une horloge sonna cinq heures. La femme de Jules arrivait normalement vers six heures pour commencer à préparer le petit déjeuner. Cela lui laissait un peu de temps pour terminer sa tâche. Elle s'avanca vers le lit ou dormait Nanni. Un verre d'eau sur la petite table de nuit à ses côtés, deux cachets … Avait-elle ou pas pris un somnifère ? Cela avait-il une quelconque importance ? Elle se saisit d'un des profonds oreillers posés au pied du lit et regarda le visage de sa grand-mère. Elle semblait si fragile. Comme une poupée faite de porcelaine et de papier. Elle approcha l'oreiller de la bouche entrouverte, prit une profonde inspiration et le plaqua sur le visage de Nanni.

Au début il n'y eu aucune reaction. Soudain la main gauche de la vieille dame s'agrippa à son poignet. Emma crut qu'elle voulait se defendre et appuya plus fort. Mais elle se rendit alors compte avec chagrin que la main ne cherchait pas à arrêter son mouvement … mais à l'aider. Des larmes apparurent dans les yeux bleus de la jeune fille alors que la main de Nanni se faisait de plus en plus faible autour de son bras. Quand elle retomba sur le cote du lit Emma resta pétrifiée dans son geste, continuant ainsi à appuyer durant une bonne minute.

Le soleil entrait dans la chambre entre les tentures de la grande fenêtre qui donnait sur les jardins. Emma se redressa et se tourna pour déposer délicatement l'oreiller au pied du lit. Elle avait fermé les yeux pour ne pas voir le visage de Nanni tout de suite. Elle les rouvrit péniblement, soudain très fatiguée. Devant elle les traits de la vieille dame étaient paisibles, ses lèvres pâles tendues en un petit sourire.

-       Morte dans ton sommeil, chuchota Emma en écartant une mèche blanche du front ridé.

Un bruit derrière elle la fit soudain sursauter. Elle se tourna vers l'arrivant, sur la défensive.

Charles se faufilait dans la chambre sans l'avoir vue … Quand il l'apercut il fit un bond en arrière, le couteau qu'il tenait à la main tombant sur le tapis qui recouvrait presque toute la surface de la pièce. Une main sur le cœur il lança un regard furieux à sa sœur avant de s'approcher du lit.

-       Qu'est-ce que tu fais ici ? marmonna-t-elle alors qu'il ramassait son couteau en la rejoignant.
-       Nanni m'a demandé de venir m'assurer que tu avais bien terminé ta tâche.
-       Et ce couteau ?

-        Au cas ou…

Emma rit doucement.

-        Au cas ou ? Elle voulait que tout soit discret, sans aucun doute possible sur sa mort naturelle … et tu arrives avec un couteau ?

Charles se renfrogna puis regarda leur grand-mère. Le soleil caressait la joue de la morte.

-        Elle a eu ce qu'elle voulait, conclut-il. Nous devrions remonter dans nos chambres.

Sa sœur acquiesca, se pencha pour embrasser leur grand-mère une dernière fois puis sortit de la chambre. Charles regarda Nanni à son tour, rangea son couteau dans sa poche et l'embrassa sur le front avant de monter rejoindre la jeune fille.
Epuisés ils s'endormirent d'un coup couchés l'un à côté de l'autre sur le lit dans la chambre d'Emma.

*****

Dans la chambre sous eux, allongé les bras croisés sous sa tête, Mathias regardait le plafond. Eloïse s'étira à ses côtés et vint se blottir contre lui, la tête sur son ventre. Elle se mit à le caresser d'un doigt léger et sourit en voyant le sexe de son compagnon frémir.

-        A quoi penses-tu ? murmura-t-elle en embrassant le haut de sa cuisse.
-        Je me demande ce que nos deux jeunes acolytes viennent d'aller faire …
-        Quelle importance ? La partie de chasse s'est déroulée avec brio, ils sont très doués et nous allons pouvoir nous amuser de plus en plus.
-        Moui.
-        Tu n'as pas plutôt envie que je te change les idées ?

L'OMBRE LUMINEUSE

Les yeux vifs de Mathias se posèrent sur elle et un sourire tendit ses lèvres tandis que sa main la guidait doucement vers son sexe qui se dressait déjà à l'idée de la fellation qu'elle allait entamer. Eloïse ouvrit la bouche et lécha le gland une seule fois avant de faire descendre sa queue au fond de sa gorge. Il se mordit les lèvres tandis qu'elle utilisait sa magie pour le faire bander jusqu'à la limite. Elle se retira juste avant et se mit à quatre pattes, ses seins effleurant l'intérieur de ses cuisses. Ses petites mains se posèrent sur ses cuisses et elle le regarda en se léchant les lèvres.

Puis sans prévenir elle reprit sa queue dans la bouche et l'amena jusqu'à l'orgasme. Elle avala comme à son habitude et revint s'allonger près de lui.

Essoufflés, rougissants, ils se regardèrent amoureusement avant de fermer les yeux tous les deux et de se rendormir.

*****

Un étage plus bas, de l'autre côté de la maison, Annie ouvrait les tentures de la chambre de Nanni avec délicatesse, laissant doucement entrer le soleil matinal. Elle allait reprendre le plateau du petit déjeuner posé près de la porte à l'entrée de la chambre quand elle s'aperçut que la vieille dame ne réagissait pas à la lumière comme elle le faisait chaque matin. Elle s'approcha du lit et posa sa main sur l'épaule fragile de la vieille dame. Elle essaya de la secouer avec douceur.

-       Madame ? Il fait jour à présent. Une magnifique journée. Le soleil illumine le parc qui commence a porter ses couleurs d'automne. C'est absolument splendide. Madame ? appela-t-elle d'une voix douce.

Mais Nanni ne réagit pas. Annie recula d'un pas, la main sur la bouche, surprise. Elle fit un signe de croix puis se dirigea vers le téléphone qui trônait à coté de la fenêtre. Elle trouva le numéro du docteur de la famille dans le carnet posé à côté du combiné et le composa rapidement.

Le docteur décrocha à la troisième sonnerie et lui assura qu'il arriverait dans la demi-heure. Il lui demanda juste de ne toucher à rien. Elle raccrocha et ressortit de la pièce avant de reprendre son plateau. Elle ramena le tout dans la cuisine et se mit à préparer la nourriture pour les autres habitants de la maison, trouvant dans ces gestes routiniers une manière de dissimuler son chagrin et son inquiétude.

*****

Lorsque Charles descendit pour prendre son petit déjeuner il aperçut une ambulance qui remontait l'allée vers la maison. Il se mit à courir pour sortir sur le perron. Il vit les ambulanciers s'arrêter derrière une petite voiture rouge garée devant les marches et qu'il ne connaissait pas. Il revint dans le hall d'entrée et remarqua que la porte qui donnait sur les appartements de Nanni était grande ouverte. Il regarda passer les ambulanciers passer devant lui avec la civière et aperçut Emma, appuyée contre le chambranle d'une des porte-fenêtres de la grande salle à manger. Il la rejoignit et lui prit la main.

-       Ca va ? demanda-t-il doucement.
-       Oui, nous devons agir comme si nous venions d'apprendre le drame…

Ils firent mine de discuter encore un peu et Charles joua le jeu à merveille, laissant ses épaules se baisser et prenant sa sœur dans ses bras.

Quand le docteur Ancelot passa près d'eux il baissa les yeux, triste pour ces enfants laissés à nouveau orphelins. Il croisa Eloïse et Mathias qui descendaient à leur tour pour voir passer le cadavre de Nanni recouvert d'un drap sur la civière. Ils se précipitèrent aussitôt vers les jumeaux. Les larmes d'Emma firent leur effet. Eloïse la prit dans ses bras tandis que Mathias consolait Charles… La comédie jouait à guichets fermés.

L'OMBRE LUMINEUSE

Emma termina de ranger la cuisine et passa dans le petit
salon. Sur l'étagère elle prit sa collection de globes occulaires et
la fit tourner à la lumière de la fenêtre. Elle sourit en
reconnaissant l'un des yeux de Nanni. Charles avait raison cela
allait être difficile de s'en séparer. Elle posa ses levres
delicatement sur le bocal.

Le soir de la mort de leur grand-mère ils s'étaient tous rendus au
funérarium pour discuter de son enterrement. Avec son grand
sens pratique Nanni avait tout organisé ils ne devaient plus que
suivre ses indications.

Elle souhaitait être inhumée au fond du parc, près d'un petit
mausolée ou reposait déjà son époux. Les jumeaux avaient été
un peu surpris d'apprendre l'existence de leur grand-père de
cette manière. Elle n'en avait jamais parlé.

Elle avait également laissé une lettre aux jumeaux.

Emma reposa le bocal et se dirigea vers le petit secrétaire qui
contenait tous leurs papiers importants. Elle prit la clé d'un des
tiroirs qu'elle portait toujours autour du cou et l'ouvrit avec
prudence. Le meuble trembla sous la demande. C'était l'un des
seuls à avoir survécu à l'incendie...

Elle prit une enveloppe jaunie par les ans et alla s'asseoir sur sa
chaise à bascule. Elle posa ses lunettes de lecture sur le nez et
rouvrit la lettre comme si c'était la première fois.

« Mes chers petits.

Si vous lisez ces mots je vous ai abandonnés pour un monde que
j'espère meilleur. Mais soyons honnêtes j'ai commis beaucoup
de crimes dans ma vie et je ne pense pas que j'aurai droit à ce
monde-là. Cela n'a plus aucune importance car ou que soit

l'endroit ou l'on se retrouve après la mort j'y retrouverai des êtres chers.

Nous avons vécu un été magnifique. Vous avez dépassé toutes mes espérances. Seigneur comme vous êtes doués. Plus que moi, plus que votre mère même.

Je vous laisse cette lettre – dont j'ai confié une copie à mon notaire – pour m'assurer que toute ma fortune vous revienne. J'ai laissé quelques instructions concernant la maison dans ma chambre, vous les trouverez facilement dans la bibliothèque près de mon lit.

L'argent que je vous laisse vous permettra de réaliser bien des projets. Je sais que votre père vous a laissés sa maison. Donc je ne m'inquiète pas pour vous. Tout ira bien. Mais je vous demande d'y retourner. C'est là que se trouvent vos racines. Vos habitudes. Avec tout ce que vous avez appris chez moi et votre talent vous allez pouvoir vivre comme vous l'entendez.

Je regrette de ne pas vous avoir connus plus tot. Mais je remercie le destin de vous avoir fait croisés mon chemin au moment ou j'en avais le plus besoin. Je sais que vous vivrez heureux et surtout que vous continuerez mon œuvre.

Rappelez-vous de votre grand-mère quand vous aurez parfois un peu de temps.

Je vous attendrai quand viendra l'heure de votre départ de ce monde étrange.

Nanni »

Emma replia la lettre et la reglissa dans l'enveloppe puis referma le secrétaire. Puis revint vers le bocal. Comme elle avait tremblé en prélevant ces splendides yeux bleus si semblables aux siens.

L'OMBRE LUMINEUSE

La pluie s'était mise à tomber sur le village quand ils étaient sortis du funérarium ou reposait le corps de Nanni en attendant l'enterrement.

Eloïse et Mathias proposèrent de les ramener mais les jumeaux souhaitaient encore voir leur grand-mère une toute dernière fois. Ils leur firent signe, protégés de la pluie automnale par le toit de l'entrée du bâtiment. Le coupé crème disparut dans la nuit. Ils ne devaient plus jamais se revoir. Mais comment auraient-ils pu le deviner ?

Les jumeaux retournèrent voir le responsable des pompes funèbres qui finissait de remplir les papiers administratifs dans son petit bureau, situé au fond de la salle d'exposition des cercueils.

-       Excusez-nous, murmura Charles à l'entrée.
-       Oui ?
-       Serait-il possible de voir notre grand-mère une toute dernière fois avant que nous ne scelliez le cercueil ?

Le responsable posa son stylo- bille et regarda les deux jeunes gens avec une sympathie flagrante sur son long visage. Ils avaient l'air si digne et triste dans leurs vêtements de deuil. La jeune fille particulièrement le toucha, ses cheveux dorés dissimulés sous un foulard noir dont s'échappaient quelques mèches rebelles. Comme elle était belle.

-       Certainement. Attendez-moi je termine juste de remplir ce formulaire et je vous accompagne, s'exclama-t-il en reprenant son travail administratif.

Ils attendirent quelques minutes. Il finit son travail sur une signature élaborée puis les guida jusque dans la cave ou se situait la morgue. Il poussa la lourde porte de métal qui y menait et les conduisit jusqu'à un splendide cercueil noir et brillant sous les néons glacés de la pièce. Il poussa le couvercle et recula de quelques pas. Charles se tourna vers lui.

-       Pourriez-vous nous accorder quelques minutes avec elle ? Nous souhaitons la voir et l'embrasser une dernière fois. Est-ce possible ?
-       Certainement. Je vais ouvrir le cercueil et je vais vous laisser.
-       Une petite requête encore. Une fois que nous aurons fait nos derniers adieux, nous refermerons nous-même et plus personne ne devra la voir. C'était une de ses dernières volontés, mentit Charles avec aplomb. Vous le scellerez sous nos yeux.

Le représentant des pompes funèbres ne montra aucune surprise. Ce n'était pas la première demande qu'il entendait ni la plus extravagante. Il acquiesca avant d'aller soulever le couvercle et de se retirer. Emma, qui était restée un peu à part durant l'échange, se rapprocha de son frère et tous les deux regardèrent Nanny, couchée sur le satin doré. La jeune fille se pencha et embrassa le front de sa grand-mère puis ce fut le tour de Charles.

-       Tu as ce qu'il faut ? demanda-t-il en se redressant.

Emma souleva son chemisier et sortit une élégante cuillère de derrière son dos. Charles sourit.

-       Parfait !
-       Toi ?
-       Je me suis dit que dans une morgue il devait y avoir tout ce qu'il fallait. Je te laisse faire. Je vais chercher le meilleur instrument pour procéder au prélèvement.
-       Comment vas-tu faire ?
-       Avec beaucoup de prudence, rit son frère en s'approchant du mur ou pendaient divers instruments utilisés pour les mises en bière.

Sa sœur se désintéressa de lui. Elle regarda le visage marbré de Nanni puis se pencha et ouvrit la première paupière. Les pupilles des yeux, bien que dilatées au moment de la mort, s'étaient contractées au cours des dernières vingt-quatre heures. Le bleu transparent l'attirait comme un aimant. Elle aurait voulu y plonger…

D'une main tremblante elle commença à prélever les globes occulaires du cadavre. Elle terminait de sortir délicatement le second quand elle sentit la transpiration couler dans son dos, collant son chemisier à sa peau. Elle remercia le ciel d'avoir pensé à mettre un imperméable. Il dissimulerait toute trace indélicate. Charles était resté à l'écart. La laissant faire ses adieux comme elle le souhaitait. Il lui tendit juste un petit bocal rempli d'une solution à base de formol qu'il avait trouvé près des instruments plus lourds. Elle y déposa les billes bleutées avec délicatesse et le dissimula dans la poche de son imperméable.

Alors qu'il se tournait à son tour vers Nanni elle lui attrapa le bras.

-        Pour les sortir tu vas faire comment ?

Le jeune homme resta immobile, la scie qu'il avait trouvée levée sur le cadavre. Il regarda sa sœur.

-        Je ne sais pas… avoua-t-il en baissant son outil.
-        Charles !
-        Je n'y ai pas pensé !
-        Tu ne peux pas prendre ses bras sans un minimum de préparation !

Penaud, Charles recula et alla reposer la scie ou il l'avait trouvée. Emma ne put s'empêcher de sourire devant son air decu. Elle posa la main sur son avant-bras alors qu'il revenait vers elle.

-        Va reprendre la scie. On peut toujours récupérer ses mains à défaut des bras. Je pourrai les glisser dans mon sac, enroulées dans mon foulard, lui dit-elle gentiment.

Le visage de son frère s'illumina tandis qu'il se pressait de reprendre la scie et de se mettre au travail.

Cela ne lui prit que quelques minutes. Comme promis, Emma posa les mains sur le foulard qu'elle venait d'ôter de ses cheveux et les emballa rapidement avant de les mettre dans son sac. Charles nettoya rapidement la scie et la reposa sur la table de dissection ou il l'avait trouvée.

Ils refermèrent ensuite le couvercle du cercueil et se prirent par la main avant de sortir de la morgue. Le croque-mort les trouva ainsi quand il revint dans l pièce une petite dizaine de minutes plus tard. Il se sentit ému devant les deux enfants et leur serra la main avec compassion. Ensuite il s'occupa de sceller la veille dame dans son éternité.

Les jumeaux ne dirent mot. Ils se contentèrent d'un hochement de tête pour saluer le patron avant de quitter les lieux, laissant derrière eux les restes de leur grand-mère. Le bocal qui renfermait ses yeux et ses mains gantées de dentelle noire dissimulés dans l'imperméable et dans le sac à main de sa petite-fille.

Le croque-mort les regarda quitter le bâtiment avec tristesse. Pauvres enfants. Il se promit de les appeler le lendemain pour prendre de leurs nouvelles. Surtout de la petite.

Il pleuvait toujours. Jules les attendait devant la voiture et leur ouvrit la portière. Les vraies dernières volontés de Nanni les attendaient au domaine…

———

L'OMBRE LUMINEUSE

Lorsque la voiture des deux journalistes s'arrêta devant la grille de leur potentiel nouveau domaine Emma sut.

Comme Nanni avait du savoir il y a tellement d'années. C'était ici que tout allait se terminer. Elle ne savait pas encore ni quand ni comment mais cette maison allait voir sa fin. Mathieu se pencha par la portière et sonna au portail. Une voix masculine retentit par la voie du parlophone dissimulé dans le mur, leur demandant de s'identifier.

-        Bonjour, nous venons visiter la maison nous avons rendez-vous, expliqua le   cameraman.
-        Ah oui très bien. Attendez, je vous ouvre. Je vous attendais.

Les grilles s'ouvrirent lentement devant le capot de la grosse voiture de la télévision et elle s'engagea dans l'allée bordée de hauts platanes qui donnait sur la propriété en elle-même. Emma sentit la main de Charles se poser sur la sienne et elle le regarda avec un sourire. Les yeux de son jumeau brillaient de larmes. Il semblait ressentir la même chose qu'elle. Ils rentraient chez eux. Enfin. Bien sûr le domaine semblait plus petit que celui de leur jeunesse. Mais il leur conviendrait à merveille pour leurs vieux jours.

Jeanne se tourna vers eux depuis le siège avant et sourit devant leur émotion d'avoir sans doute trouvé la demeure de leur rêve. Elle se détourna d'eux et en regardant la maison approcher elle se dit que décidément elle adorait son travail quand il se déroulait de cette facon. Mathieu freina doucement devant le perron.

Un homme habillé comme un garde-chasse s'avança pour ouvrir les portières. Emma et Charles descendirent l'un après l'autre et firent sa connaissance.

\-   Bonjour ! les salua-t-il cordialement. Je suis Gérard Longlet. Ma femme et moi   venons avec la propriété si vous voulez bien nous garder, ajouta-t-il avec un petit rire.

\-   Vous habitez dans la maison ? demanda Emma en lui tendant la main.

\-   Non non il y a une dépendance plus loin dans la propriété. Nous sommes un peu   les gardiens si vous voulez.

\-   Je comprends. Eh bien avant de vous dire quoi que ce soit nous devrions visiter   n'est-ce pas Charles ?

Son frère acquiesca, rendu muet par la surprise qui l'habitait. Il entendait la caméra tourner tout près d'eux, il sentait ses rhumatismes et le poids des ans…

Mais quand il leva les yeux sur la maison qui se dressait devant eux il se sentit rajeunir jusqu'au plus profond de ses os. Il se tourna vers Gérard, se redressant un peu.

\-   Il y a un lac rattaché au domaine ? demanda-t-il d'une voix un peu tremblante.

Les yeux bruns de Gérard se posèrent sur la silhouette fragile du vieux monsieur et sourirent. Puis il se tourna vers sa gauche.

\-   Oui oui en effet. Un peu plus loin par là. Si vous contournez la maison vous   pourrez l'apercevoir. Il y a même un ponton et une cabane qui peut abriter une   barque d'une bonne taille si vous vous penchez un peu. Il y en avait une il y a bien   longtemps. Mais je crains qu'elle n'ait sombrée. Vous pourrez aller voir tout ca   tout   à l'heure si vous le désirez, répondit le gardien.

\-   Mais avant, reprit-il en leur montrant un trousseau de clés, laissez-moi vous montrer   la maison. Vous allez voir, les propriétaires précédents ont tout remis à neuf. C'est   juste un bonheur.

Il se tourna vers la haute porte d'entrée et glissa une première clef dans la serrure. Puis une seconde avec un sourire pour les visiteurs.

-        Il y a une double serrure par sécurité, expliqua-t-il. C'est juste un tour de main à acquérir.

Il poussa la lourde porte de bois et la lumière envahit le hall d'entrée. Les jumeaux pénétrèrent dans la maison, suivis de l'équipe de la télévision. Mathieu les filma durant toute la visite, amusé par le fait qu'Emma et Charles se tenaient par la main comme pour se soutenir.

Leurs yeux bleus brillaient à la découvert de chaque pièce pièce et parcouraient les détails des peintures, des meubles. La cuisine fut un tel choc pour Emma qu'elle eut beaucoup de difficulté à la quitter. Elle était immense, terriblement moderne. Elle pouvait déjà s'imaginer confectionner ses fameuses terrines sur les comptoirs rutilants.

Toute la visite se faisait avec les commentaires de Gérard qui comptait bien accompagner la demeure. Tania posa quelques questions aux jumeaux et leurs réponses étaient toujours positives. Un vrai bonheur que ces deux petits vieux se dit-il alors qu'ils montaient au premier étage.

-        Il n'y a qu'un étage mais les propriétaires précédents ont tout de même fait installer un ascenseur depuis le salon, expliqua Gérard. Ils n'étaient plus tout jeunes. Alors à votre droite une première chambre…

Ils entrèrent dans la pièce meublée avec goût et dont la fenêtre donnait sur le lac. Charles s'avanca lentement vers elle et l'ouvrit. Ce n'était pas sa chambre de jeune homme mais lorsqu'il respira l'air frais qui lui arrivait il sut que c'est ici qu'il logerait. Emma sourit et sortit pour suivre Gerard. La seconde chambre était pour elle. Une cheminée attendait un bon feu de bois. Un balcon donnait sur l'entrée du domaine. Elle pourrait tout apercevoir. Tout surveiller. Elle pouvait déjà voir les voitures d'invités remonter l'allée…

-       Chaque chambre a sa propre salle de bains bien entendu. Quand je vous disais que les anciens propriétaires ont tout refait à neuf je ne mentais pas… continuait leur guide en ouvrant une porte puis une autre. De nombreux placards ont également été rajoutés. Et la cave possède cellier, cave à vin etc.
-       C'est juste parfait, murmura Emma en le suivant en direction de l'ascenseur.
-       Ah je suis content que cela vous plaise.
-       Puis-je vous demander ce qui est arrivé aux propriétaires précédents ? demanda Tania tandis qu'ils se dirigeaient vers le fond du couloir.

Gérard s'arrêta devant une grille derrière laquelle se trouvait l'ascenseur. Il toussota un peu gêné.

-       C'est une drôle d'histoire… En fait ils sont partis un matin en voiture. On a retrouvé le véhicule et leurs vêtements près de la forêt voisine mais d'eux aucune trace, expliqua-t-il avant de commencer à expliquer le fonctionnement de l'ascenseur.

Emma ne laissa rien paraître. Malgré la sueur froid qui coulait dans son dos elle écouta attentivement les explications de leur guide et s'amusa même à prendre l'ascenseur jusque dans le salon, toujours filmée par Frederic. Charles l'attendait en bas et ouvrit la grille pour la laisser sortir. Il souriait et semblait plus actif que jamais.

-       Nous la prenons hein Emma ? demanda-t-il rapidement avant de voir débarquer l'équipe de la télévision qui redescendait de l'étage.
-       Bien sûr, murmura-t-elle en lui serrant la main. Et je pense que nous allons garder Gérard et sa femme aussi.

Ils se turent quand le reste des visiteurs les rejoignirent. Gérard leur proposa de se promener sur le domaine à leur aise tandis qu'il allait tout refermer en attendant la décision des jumeaux. Charles tendit son bras à Emma et ils se mirent à déambuler en admirant les arbres centenaires et le lac qui s'étalait devant eux, à droite de la propriété. Tania fit signe à Frédéric d'arrêter de filmer sur un plan magnifique des deux personnes âgées marchant sur leur nouveau domaine en plein soleil. Le caméraman obéit et la regarda avec un grand sourire.

-       J'adore quand ca se passe comme ca. Regarde-les ils sont ravis ! s'exclama-t-il en la rejoignant sur le perron.
-       C'est vrai. Quelle belle image pour notre émission. Superbe. Les producteurs seront contents, répondit-elle. Gérard ! appela-t-elle soudain en apercevant le gardien qui terminait de boucler la maison.
-       Oui madame ?
-       Auriez-vous le nom des propriétaires précédents ? C'est pour l'émission.
-       Bien sûr ! Eloïse et Mathias Delorme. De charmants propriétaires. Ils étaient très âgés mais encore bien vaillants. Triste de ne pas savoir ce qui a pu leur arriver.

Tania hocha la tête et regarda en direction des jumeaux qui arpentaient à présent le ponton. Charles faisait de grands gestes de la main en direction de l'autre rive. Emma se mit à rire et le son cristallin leur parvint facilement, les faisant sourire.

-       Je pense qu'ils vont la prendre, dit Tania.
-       J'en suis certain, murmura Gérard. Ils seront parfaits.
-       Pardon ?
-       Pour la maison, rit le gardien. J'espère qu'ils vont nous garder.

Ils se turent et regardèrent les jumeaux remonter vers eux. Quand ils ne furent plus qu'à quelques pas Emma lâcha le bras de son frère et marcha vers Tania, la main tendue.

-        Nous la prenons bien sûr ! rit-elle. C'est juste parfait. Et … Gérard ?

-        Madame ?

-        Vous restez avec nous ainsi que votre épouse bien sûr ! Nous aurons bien besoin de vous et de vos conseils pour entretenir cette merveille.

Le sourire sur le visage de Gérard sembla illuminer les alentours. Une nouvelle ère allait débuter sur le domaine. Il était plus qu'impatient de retourner à ses occupations. La chasse pour achever Eloïse et Mathias remontait à trop loin. Il avait besoin d'action.

Il échangea un regard avec Tania qui lui fit un clin d'œil discret. Tandis qu'ils remontaient tous en voiture il s'éloigna pour rejoindre sa femme, chantonnant. Les jumeaux étaient à leur place. Tout était prêt pour l'acte suivant.